Translated Language Learning

Οι περιπέτειες της Αλίκης στη χώρα των θαυμάτων

Alice's Adventures in Wonderland

Lewis Carroll

ελληνικά / English

Published by Tranzlaty
ISBN: 978-1-83566-717-0
Original text: Alice's Adventures in Wonderland
by Lewis Carroll (1865)
Abridged by Sam'l Gabriel Sons (1916)
www.tranzlaty.com

Κάτω από την τρύπα του κουνελιού
Down the Rabbit Hole

Η Αλίκη είχε αρχίσει να κουράζεται πολύ
Alice was beginning to get very tired
Καθόταν δίπλα στην αδελφή της στην όχθη του γρασιδιού
she was sitting by her sister on the grass bank
Αλλά δεν είχε τίποτα να κάνει
but she had nothing to do
Η αδελφή της διάβαζε ένα βιβλίο
her sister was reading a book
μία ή δύο φορές η Αλίκη κρυφοκοίταξε στο βιβλίο
once or twice Alice peeped into the book
Αλλά το βιβλίο δεν είχε εικόνες ή συνομιλίες
but the book had no pictures or conversations in it
«Σε τι χρησιμεύει ένα βιβλίο χωρίς εικόνες;», σκέφτηκε η Αλίκη
"what use is a book without pictures?," thought Alice
«Γιατί ένα βιβλίο να μην έχει συζητήσεις;»

"why would a book have no conversations?"
Αλλά είχε άλλα πράγματα να εξετάσει
but she had other things to consider
"Κάνοντας μια αλυσίδα μαργαρίτες θα ήταν μια ευχαρίστηση"
"making a chain of daisies would be a pleasure"
"Αλλά αξίζει τον κόπο να σηκωθείτε και να μαζέψετε τις μαργαρίτες;"
"but is it worth the effort of getting up and picking the daisies??"
Αυτό δεν ήταν τόσο εύκολο να το σκεφτεί κανείς
this was not so easy to think about
Επειδή η μέρα την έκανε να νιώθει νυσταγμένη και ηλίθια
because the day was making her feel sleepy and stupid
Αλλά ξαφνικά οι σκέψεις της διακόπηκαν
but suddenly her thoughts were interrupted
ένα λευκό κουνέλι με ροζ μάτια έτρεξε κοντά της
a White Rabbit with pink eyes ran close by her

Δεν υπήρχε τίποτα υπερβολικά αξιοσημείωτο για το κουνέλι

There was nothing overly remarkable about the rabbit

και η Αλίκη δεν σκέφτηκε ούτε το κουνέλι αξιοσημείωτο

and Alice did not think the rabbit remarkable either

ούτε την εξέπληξε όταν μίλησε το κουνέλι

nor did it surprise her when the Rabbit spoke

«Ω αγαπητέ! Θα είναι πολύ αργά!» είπε στον εαυτό του

"Oh dear! I shall be too late!" he said to himself

αλλά τότε το κουνέλι έκανε κάτι που τα κουνέλια δεν έκαναν

but then the Rabbit did something that rabbits didn't do

το κουνέλι έβγαλε ένα ρολόι από την τσέπη του γιλέκου του

the Rabbit took a watch out of its waistcoat-pocket

Κοίταξε την ώρα και μετά έσπευσε

he looked at the time and then hurried on

Η Αλίκη σηκώθηκε στα πόδια της, έκπληκτη

Alice got to her feet, in amazement

Δεν είχε ξαναδεί κουνέλι με γιλέκο!

she had never seen a rabbit with a waistcoat before!

Ούτε είχε δει ποτέ κουνέλι με ρολόι!

nor had she ever seen a rabbit with a watch!

Η Αλίκη καιγόταν από μια νέα περιέργεια

Alice was burning with a new curiosity

και έτρεξε πέρα από το χωράφι πίσω από το κουνέλι

and she ran across the field after the Rabbit

Ήταν ακριβώς πάνω στην ώρα για να δει το κουνέλι να εξαφανίζεται

she was just in time to see the rabbit disappear

Το κουνέλι πήδηξε κάτω σε μια μεγάλη τρύπα κουνελιού

the rabbit hopped down into a large rabbit-hole

Σε μια άλλη στιγμή, κάτω πήγε η Αλίκη μετά το κουνέλι!

In another moment, down went Alice after the rabbit!

Η κουνελότρυπα πήγαινε κατευθείαν σαν τούνελ
The rabbit-hole went straight on like a tunnel
Και το τούνελ συνέχισε για κάποια απόσταση
and the tunnel kept going for some distance
Και τότε το μονοπάτι ξαφνικά βυθίστηκε
and then the path suddenly dipped down
Η Αλίκη δεν είχε ούτε μια στιγμή να σκεφτεί να
σταματήσει τον εαυτό της
Alice had not a moment to think about stopping herself
Βρέθηκε να πέφτει κάτω και κάτω και κάτω
she found herself falling down and down and down
Φαινόταν σαν να είχε πέσει κάτω από ένα πολύ βαθύ
πηγάδι
it seemed as if she had fallen down a very deep well
Είτε το πηγάδι ήταν πολύ βαθύ, είτε έπεσε πολύ αργά
Either the well was very deep, or she fell very slowly
επειδή είχε αρκετό χρόνο να πέσει
because she had plenty of time to fall
Καθώς έπεφτε, μπορούσε να κοιτάξει γύρω της
as she was falling she could look all around her
Πρώτον, προσπάθησε να καταλάβει πού πήγαινε
First, she tried to make out where she was going
Αλλά το πηγάδι ήταν πολύ σκοτεινό για να δει
οτιδήποτε
but the well was too dark to see anything
Τότε κοίταξε τις πλευρές του πηγαδιού
then she looked at the sides of the well
Και παρατήρησε ότι υπήρχαν ντουλάπια γύρω της
and she noticed that there were cupboards all around her
και γύρω από το πηγάδι υπήρχαν ράφια βιβλίων
and all around the well were book-shelves
Εδώ κι εκεί έβλεπε χάρτες και εικόνες κρεμασμένες σε
μανταλάκια
here and there she saw maps and pictures hung upon pegs
Κατέβασε ένα βάζο από ένα από τα ράφια καθώς
περνούσε
She took down a jar from one of the shelves as she passed

Το βάζο επισημάνθηκε για το περιεχόμενό του
the jar was labelled for its content
"ΜΑΡΜΕΛΑΔΑ ΑΠΟ ΠΟΡΤΟΚΑΛΙΑ"
"MARMALADE MADE FROM ORANGES"
Αλλά, προς μεγάλη της απογοήτευση, το βάζο
μαρμελάδας ήταν άδειο
but, to her great disappointment, the marmalade jar was
empty
Δεν ήθελε να ρίξει το άδειο βάζο μαρμελάδας
she did not want to drop the empty marmalade jar
και η πτώση της ήταν πολύ αργή
and her fall was very slow
Έτσι κατάφερε να βάλει το βάζο μαρμελάδας σε ένα από
τα ντουλάπια
so she managed to put the marmalade jar into one of the
cupboards
Κάτω, κάτω, κάτω πέφτει!
Down, down, down she fall!
Θα τελείωνε ποτέ η πτώση;
Would the fall ever come to an end?
Δεν υπήρχε τίποτα άλλο να κάνουμε
There was nothing else to do
έτσι η Αλίκη σύντομα άρχισε να μιλάει στον εαυτό της
so Alice soon began talking to herself
«Η Ντίνα θα μου λείψει πολύ απόψε, πρέπει να σκεφτώ!»
"Dinah will miss me very much tonight, I should think!"
Η Ντίνα ήταν η γάτα της Αλίκης
Dinah was Alice's cat
«Ελπίζω να θυμούνται το πιατάκι της με το γάλα την
ώρα του τσαγιού»
"I hope they'll remember her saucer of milk at tea-time"
«Ντίνα, αγαπητή μου, μακάρι να ήσουν εδώ κάτω μαζί
μου!»
"Dinah, my dear, I wish you were down here with me!"
Η Αλίκη ένιωθε ότι κοιμόταν
Alice felt that she was dozing off
Και ξαφνικά, χτυπήστε! Πλήγμα!

and then suddenly, thump! thump!

Κάτω έπεσε πάνω σε ένα σωρό ξύλα

down she fell upon a heap of sticks

Και προσγειώθηκε σε ένα σωρό από ξερά φύλλα

and she landed on a pile of dry leaves

Και τελικά η μεγάλη πτώση κάτω από την τρύπα τελείωσε

and finally the long fall down the hole was over

Η Αλίκη δεν πληγώθηκε λίγο

Alice was not a bit hurt

Και πήδηξε μέσα σε μια στιγμή

and she jumped up within a moment

Κοίταξε ψηλά, αλλά ήταν όλα σκοτεινά πάνω από το κεφάλι

She looked up, but it was all dark overhead

Μπροστά της ήταν ένας άλλος μακρύς διάδρομος

in front of her was another long corridor

και το Λευκό Κουνέλι ήταν ακόμα ορατό

and the White Rabbit was still in sight

Έτρεχε στο διάδρομο

he was hurrying down the corridor

Δεν υπήρχε ούτε μια στιγμή για χάσιμο

There was not a moment to be lost

μακριά έτρεξε η Αλίκη σαν τον άνεμο

off ran Alice like the wind

γύρω από τη γωνία γύρισε το κουνέλι

around the corner turned the rabbit

Ήταν ακριβώς πάνω στην ώρα για να ακούσει το κουνέλι

she was just in time to hear the rabbit

""Ω, τα αυτιά και τα μουστάκια μου"

""Oh, my ears and whiskers"

«Πόσο αργά γίνεται!»

"how late it's getting!"

Ήταν κοντά πίσω από το κουνέλι

She was close behind the rabbit

Γύρισε σε μια άλλη γωνία

she turned around another corner

αλλά το κουνέλι δεν φαινόταν πια

but the Rabbit was no longer to be seen

Βρέθηκε σε μια μεγάλη, χαμηλή αίθουσα

She found herself in a long, low hall

Η αίθουσα φωτιζόταν από μια σειρά φωτιστικών οροφής

the hall was lit up by a row of ceiling lamps

Υπήρχαν πόρτες γύρω από την αίθουσα

There were doors all around the hall

αλλά όλες οι πόρτες ήταν κλειδωμένες

but all the doors were locked

Περπάτησε μέχρι τη μία πλευρά της αίθουσας

she walked all the way down one side of the hall

Και είχε περπατήσει μέχρι την άλλη πλευρά της αίθουσας

and she had walked all the way up the other side of the hall

Είχε δοκιμάσει κάθε πόρτα

she had tried every door

Και περπάτησε λυπημένη στη μέση της αίθουσας

and she walked sadly down the middle of the hall

«Πώς θα ξαναβγώ ποτέ;»

"how am I ever going to get out again?"

Ξαφνικά ήρθε πάνω σε ένα μικρό τραπέζι
Suddenly she came upon a little table
Το τραπέζι ήταν κατασκευασμένο εξ ολοκλήρου από
συμπαγές γυαλί
the table was made entirely of solid glass
Δεν υπήρχε τίποτα στο τραπέζι εκτός από ένα
μικροσκοπικό χρυσό κλειδί
There was nothing on the table but a tiny golden key
Το κλειδί μπορεί να ανήκει σε μία από τις πόρτες!
the key might belong to one of the doors!
Αλλά, αλίμονο! Μερικές από τις κλειδαριές ήταν πολύ
μεγάλες για τα κλειδιά
but, alas! some of the locks were too large for the keys
και για τις άλλες κλειδαριές το κλειδί ήταν πολύ μικρό
and for the other locks the key was too small
Αλλά, εν πάση περιπτώσει, το κλειδί δεν άνοιξε καμία
από τις πόρτες
but, at any rate, the key opened none of the doors
Αλλά τι έπρεπε να κάνει;

but what was she to do?

Πέρασε ξανά από την αίθουσα

she went through the hall again

Και αυτή τη φορά παρατήρησε μια χαμηλή κουρτίνα

and this time she noticed a low curtain

Πίσω από την κουρτίνα υπήρχε μια μικρή πόρτα

behind the curtain was a little door

Η πόρτα ήταν περίπου δεκαπέντε ίντσες ψηλά

the door was about fifteen inches high

Δοκίμασε το μικρό χρυσό κλειδί στην κλειδαριά

She tried the little golden key in the lock

Και προς μεγάλη της χαρά, το κλειδί ταιριάζει στην κλειδαριά!

and to her great delight, the key fit in the lock!

Η Αλίκη άνοιξε την πόρτα

Alice opened the door

Και βρήκε την πόρτα να οδηγεί σε ένα μικρό διάδρομο

and she found the door led into a small corridor

Ο διάδρομος δεν ήταν πολύ μεγαλύτερος από μια τρύπα αρουραίων

the corridor was not much larger than a rat-hole

Γονάτισε και κοίταξε κατά μήκος του διαδρόμου

she knelt down and looked along the corridor

Και είδε τον ωραιότερο κήπο που έχετε δει ποτέ

and she saw the loveliest garden you have ever seen

Πόσο λαχταρούσε να βγει από εκείνη τη σκοτεινή αίθουσα

how she longed to get out of that dark hall

Πώς ήθελε να περιπλανηθεί ανάμεσα σε αυτά τα φωτεινά λουλούδια

how she wanted to wander among those bright flowers

Πόσο δροσερά αναζωογονητικά φαίνονταν αυτά τα σιντριβάνια

how cool refreshing those fountains looked

Αλλά δεν μπορούσε καν να πάρει το κεφάλι της μέσα από την πόρτα

but she could not even get her head through the doorway

«Ω», είπε η Αλίκη θρηνώντας
"Oh," said Alice, mournfully
«Πόσο θα ήθελα να μπορούσα να διπλώσω σαν
τηλεσκόπιο!»
"how I wish I could fold up like a telescope!"
«Νομίζω ότι θα μπορούσα να διπλώσω σαν
τηλεσκόπιο»
"I think I could fold up like a telescope"
"αν ήξερα μόνο πώς να ξεκινήσω"
"if I only knew how to begin"
Η Αλίκη επέστρεψε στο τραπέζι
Alice went back to the table
Υπήρχε η πιθανότητα να βρεθεί ένα άλλο κλειδί
there was the chance of finding another key
ή μπορεί να υπάρχει ένα βιβλίο κανόνων
or there might be a book of rules
Το βιβλίο θα μπορούσε να της πει πώς να διπλώσει σαν
τηλεσκόπιο
the book could tell her how to fold up like a telescope
Αυτή τη φορά βρήκε ένα μικρό μπουκάλι
This time she found a little bottle
«Αυτό το μπουκάλι σίγουρα δεν ήταν εδώ πριν», είπε η
Αλίκη
"this bottle certainly was not here before," said Alice
και δεμένη γύρω από το λαιμό του μπουκαλιού ήταν
μια χάρτινη ετικέτα
and tied around the neck of the bottle was a paper label
Η ετικέτα ήταν όμορφα τυπωμένη με μεγάλα γράμματα
the label was beautifully printed in large letters
«ΠΙΕΣ ΜΕ»
"DRINK ME"
«Όχι, θα κοιτάξω πρώτα», είπε
"No, I'll look first," she said
«Θα δω αν το μπουκάλι έχει επισημανθεί ως
δηλητηριώδες ή όχι»
"I'll see whether the bottle is marked as poisonous or not,"
γιατί ποτέ δεν ξέχασε το μάθημα για το δηλητήριο

because she never forgot the lesson about poison
"Εάν ένα μπουκάλι χαρακτηρίζεται δηλητηριώδες, είναι βέβαιο ότι θα διαφωνήσει μαζί σας"
"if a bottle is labelled poisonous, it's bound to disagree with you"
Ωστόσο, αυτό το μπουκάλι δεν χαρακτηρίστηκε ως δηλητηριώδες
However, this bottle was not marked as poisonous
έτσι η Αλίκη τόλμησε να δοκιμάσει το περιεχόμενο του μπουκαλιού
so Alice ventured to taste the content of the bottle
Βρήκε το υγρό αρκετά της αρεσκείας της
she found the liquid quite to her liking
Το ποτό είχε ένα είδος μικτής γεύσης
the drink had a sort of mixed flavour
τάρτα κερασιού, κρέμα και ανανά
cherry-tart, custard, and pineapple
Ψητή γαλοπούλα, καραμέλα και τοστ με ζεστό βούτυρο
roast turkey, toffee, and toast with hot butter
Και σύντομα τελείωσε το μπουκάλι
and she soon finished off the bottle
«Τι περίεργο συναίσθημα!» είπε η Αλίκη
"What a curious feeling!" said Alice
«Διπλώνω σαν τηλεσκόπιο!»
"I am folding up like a telescope!"
Και πράγματι διπλωνόταν σαν τηλεσκόπιο!
And she was folding up like a telescope indeed!
Ήταν τώρα μόνο δέκα ίντσες ύψος
She was now only ten inches high
και το πρόσωπό της έλαμπε στις σκέψεις της
and her face brightened up at her thoughts
Τώρα ήταν το σωστό μέγεθος για τη μικρή πόρτα
now she was the the right size for the little door
Τώρα μπορούσε να πάει σε αυτόν τον υπέροχο κήπο
now she could go into that lovely garden
Σύντομα σταμάτησε να μικραίνει
soon she stopped getting smaller

Αποφάσισε να πάει αμέσως στον κήπο
she decided on going into the garden at once
αλλά, αλίμονο για την καημένη την Αλίκη!
but, alas for poor Alice!
Έφτασε στην πόρτα
she got to the door
Αλλά είχε ξεχάσει το μικρό χρυσό κλειδί
but she had forgotten the little golden key
Επέστρεψε στο τραπέζι για το κλειδί
she went back to the table for the key
Αλλά διαπίστωσε ότι δεν μπορούσε να φτάσει αρκετά ψηλά
but she found she could not reach high enough
Μπορούσε να δει το κλειδί αρκετά καθαρά μέσα από το γυαλί
she could see the key quite plainly through the glass
Προσπάθησε να ανέβει στα πόδια του τραπεζιού
she tried to climb up the legs of the table
Αλλά το γυαλί ήταν πολύ ολισθηρό
but the glass was far too slippery
Τελικά κουράστηκε με την προσπάθεια
eventually she tired herself out with trying
Και το καημένο το κοριτσάκι κάθισε και έκλαψε
and the poor little girl sat down and cried
Η Αλίκη μίλησε στον εαυτό της μάλλον απότομα
Alice spoke to herself rather sharply
«Έλα, δεν υπάρχει λόγος να κλαις έτσι!»
"Come, there's no use in crying like that!"
«Σας συμβουλεύω να σταματήσετε αυτό το λεπτό!»
"I advise you to stop right this minute!"
Γενικά έδινε στον εαυτό της πολύ καλές συμβουλές
She generally gave herself very good advice
Αν και πολύ σπάνια ακολουθούσε τις δικές της συμβουλές
though she very seldom followed her own advice
Και μερικές φορές ήταν πολύ σκληρή με τον εαυτό της
and she sometimes was too harsh on herself

Και τα λόγια της έφεραν δάκρυα στα μάτια της
and her words brought tears into her eyes
Σύντομα το μάτι της έπεσε πάνω σε ένα μικρό γυάλινο κουτί
Soon her eye fell upon a little glass box
Το μικρό γυάλινο κουτί βρισκόταν κάτω από το τραπέζι
the little glass box was lying under the table
Στο γυάλινο κουτί υπήρχε ένα πολύ μικρό κέικ
in the glass box was a very small cake
Στην τούρτα μερικές λέξεις ήταν όμορφα γραμμένες
on the cake some words were beautifully written
Οι λέξεις είχαν σημειωθεί στην κορινθιακή σταφίδα
the words had been marked in currants
"ΦΆΕ ΜΕ"
"EAT ME"
«Λοιπόν, θα φάω το κέικ», είπε η Αλίκη
"Well, I'll eat the cake," said Alice
"και αν η τούρτα με κάνει να μεγαλώσω, μπορώ να φτάσω στο κλειδί"
"and if the cake makes me grow larger, I can reach the key"
"και αν το κέικ με κάνει να μικρύνω, μπορώ να σέρνω κάτω από την πόρτα"
"and if the cake makes me grow smaller, I can creep under the door"
"έτσι είτε αλλιώς, θα μπω στον κήπο"
"so either way I'll get into the garden"
«και δεν με νοιάζει ποιο από τα δύο συμβαίνει!»
"and I don't care which of the two happens!"
Έφαγε λίγο από το κέικ
She ate a little bit of the cake
Και μίλησε με αγωνία στον εαυτό της:
and she anxiously spoke to herself:
«Με ποιον τρόπο; Με ποιον τρόπο;»
"Which way? Which way?"
και κράτησε το χέρι της στο κεφάλι της
and she held her hand on her head
Ήθελε να νιώσει με ποιον τρόπο μεγάλωνε

she wanted to feel which way she was growing

Ήταν αρκετά έκπληκτη όταν ανακάλυψε τι είχε συμβεί

she was quite surprised to find what had happened

Είχε παραμείνει στο ίδιο μέγεθος!

she had remained the same size!

Έτσι, αυτή τη φορά διπλασίασε τις προσπάθειές της

so this time she doubled her efforts

και σύντομα τελείωσε όλη την τούρτα

and soon she finished off the whole cake

Η λίμνη των δακρύων
The Pool of Tears

«Αυτό γίνεται όλο και πιο ενδιαφέρον!» φώναξε η Αλίκη
"This is getting more and more interesting!" cried Alice
Μπορείτε να δείτε ότι ήταν πολύ έκπληκτη
You can see she was very surprised
«Ανοίγω σαν το μεγαλύτερο τηλεσκόπιο που υπήρξε ποτέ!»
"I'm opening out like the largest telescope there ever was!"
«Αντίο, πόδια! Ω, τα φτωχά μου ποδαράκια»
"Good-bye, feet! Oh, my poor little feet"
"Αναρωτιέμαι ποιος θα βάλει τα παπούτσια σας για εσάς τώρα, αγαπητοί;"
"I wonder who will put on your shoes for you now, dears?"
"και αναρωτιέμαι ποιος θα βάλει τις κάλτσες σας;"
"and I wonder who will put on your stockings?"
«Θα είμαι πολύ μακριά»
"I shall be a great deal too far away"
«Δεν θα μπορώ πια να προβληματίζομαι για σένα»
"I won't be able trouble myself about you anymore"
Ακριβώς εκείνη τη στιγμή το κεφάλι της χτύπησε πάνω σε κάτι
Just at this moment her head struck against something
Είχε φτάσει στην οροφή της αίθουσας
she had reached the roof of the hall
Στην πραγματικότητα, ήταν τώρα πάνω από δύο μέτρα ύψος
in fact, she was now more than two meters tall
Και αμέσως πήρε το μικρό χρυσό κλειδί
and she at once took up the little golden key
Και έσπευσε στην πόρτα του κήπου
and she hurried off to the garden door
Καημένη Αλίκη! Δεν μπορούσε να κάνει πολλά
Poor Alice! There was not much she could do
ξάπλωσε στη μία πλευρά
she laid down on one side
Και κοίταξε μέσα στον κήπο με το ένα μάτι

and she looked through into the garden with one eye
Αλλά το να περάσεις ήταν πιο απελπιστικό από ποτέ
but to get through was more hopeless than ever
Κάθισε και άρχισε να κλαίει ξανά
She sat down and began to cry again
Συνέχισε να χύνει γαλόνια δακρύων
She went on shedding gallons of tears
Σύντομα υπήρχε μια μεγάλη πισίνα γύρω της
soon there was a large pool all around her
Και το νερό έφτασε στα μισά της αίθουσας
and the water reached half-way down the hall
Μετά από λίγο, άκουσε ένα μικρό χτύπημα των ποδιών
After a time, she heard a little pattering of feet
Άκουσε τα πόδια να έρχονται από μακριά
she heard the feet coming from the distance
Και στέγνωσε βιαστικά τα μάτια της για να δει τι ερχόταν
and she hastily dried her eyes to see what was coming
Ήταν το Λευκό Κουνέλι που επέστρεφε
It was the White Rabbit returning
Ήταν υπέροχα ντυμένος
he was splendidly dressed
Είχε ένα ζευγάρι λευκά γάντια στο ένα χέρι
he had a pair of white gloves in one hand
Και είχε ένα μεγάλο ανεμιστήρα φτερών στο άλλο χέρι
and he had a large feather fan in the other hand
Ήρθε τρέχοντας μαζί με μεγάλη βιασύνη
He came trotting along in a great hurry
Και μουρμούρισε στον εαυτό του: «Ω! η Δούκισσα, η Δούκισσα!»
and he muttered to himself, "Oh! the Duchess, the Duchess!"
«Ω! Δεν θα είναι άγρια αν την έχω κρατήσει σε αναμονή!»
"Oh! won't she be savage if I've kept her waiting!"

Όταν το κουνέλι ήρθε κοντά της, η Αλίκη μίλησε
When the Rabbit came near her, Alice spoke
Αλλά μίλησε με χαμηλή, δειλή φωνή
but she spoke in a low, timid voice
«Κύριε, παρακαλώ σταματήστε αυτό που κάνετε για μια στιγμή»
"sir, please stop what you're doing for one moment"
Το κουνέλι τρόμαξε βίαια
The Rabbit startled violently
Έριξε τα λευκά γάντια και τον ανεμιστήρα φτερών
he dropped the white gloves and the feather fan
Και έτρεξε μακριά στο σκοτάδι όσο πιο γρήγορα μπορούσε
and he scurried away into the darkness as fast as he could
Η Αλίκη πήρε τον ανεμιστήρα φτερών και τα γάντια
Alice picked up the feather fan and gloves

Και συνέχισε να ανεμίζει τον εαυτό της ενώ συνέχιζε να μιλάει

and she kept fanning herself while she kept talking

«Αγαπητέ, αγαπητέ! Πόσο παράξενα είναι όλα σήμερα!»

"Dear, dear! How strange everything is today!"

«Χθες τα πράγματα συνεχίστηκαν ως συνήθως»

"yesterday things went on just as usual"

«Ήμουν ο ίδιος όταν σηκώθηκα σήμερα το πρωί;»

"Was I the same when I got up this morning?"

"Αλλά αν δεν είμαι ο ίδιος, υπάρχει μια άλλη ερώτηση"

"But if I'm not the same, there is another question"

«Ποιος στον κόσμο είμαι;»

"Who in the world am I?"

«Αχ, αυτός είναι ο μεγάλος γρίφος!»

"Ah, that's the great puzzle!"

Καθώς το είπε αυτό, κοίταξε κάτω τα χέρια της

As she said this, she looked down at her hands

Φορούσε ένα από τα μικρά λευκά γάντια του κουνελιού

she was wearing one of the rabbits little white gloves

Δεν είχε παρατηρήσει ότι έβαλε το γάντι ενώ μιλούσε

she hadn't noticed she put the glove on while talking

«Πώς μπορώ να το κάνω αυτό;» σκέφτηκε

"How can I have done that?" she thought

«Πρέπει να μικραίνω ξανά»

"I must be growing small again"

Σηκώθηκε και πήγε στο τραπέζι για να μετρήσει το ύψος της

She got up and went to the table to measure her height

Διαπίστωσε ότι ήταν τώρα περίπου μισό μέτρο ύψος

she found that she was now about half a meter tall

και εξακολουθούσε να συρρικνώνεται γρήγορα

and she was still shrinking rapidly

Σύντομα ανακάλυψε ποια ήταν η αιτία της συρρίκνωσης

She soon found out what the cause of the shrinking was

Ο ανεμιστήρας φτερών την έκανε και πάλι μικρότερη!

the feather fan was making her smaller again!

Και έριξε βιαστικά τον ανεμιστήρα φτερών
and she dropped the feather fan hastily
Έριξε τον ανεμιστήρα φτερών εγκαίρως για να σωθεί
she dropped the feather fan just in time to save herself
Αν φανταζόταν περισσότερο, θα είχε συρρικνωθεί
εντελώς
had she fanned herself any longer she would have shrunk
away entirely
«Αυτή ήταν μια στενή απόδραση!» είπε η Αλίκη
"That was a narrow escape!" said Alice
Και ήταν πολύ φοβισμένη από την ξαφνική αλλαγή
and she was a good deal frightened at the sudden change
Αλλά ήταν πολύ χαρούμενη που βρέθηκε ακόμα στην
ύπαρξη
but she was very glad to find herself still in existence
«Και τώρα, φύγαμε για τον κήπο!»
"And now, off to the garden!"
Και έτρεξε με όλη την ταχύτητα πίσω στη μικρή πόρτα
And she ran with all speed back to the little door
Αλλά, αλίμονο! Η μικρή πόρτα έκλεισε ξανά
but, alas! the little door was shut again
Και το μικρό χρυσό κλειδί ήταν ξαπλωμένο ξανά στο
γυάλινο τραπέζι
and the little golden key was lying on the glass table again
«Τα πράγματα είναι χειρότερα από ποτέ», σκέφτηκε το
καημένο το παιδί
"Things are worse than ever," thought the poor child
«Ποτέ δεν ήμουν τόσο μικρός όσο αυτό πριν, ποτέ!»
"I never was so small as this before, never!"
Καθώς έλεγε αυτά τα λόγια, το πόδι της γλίστρησε
As she said these words, her foot slipped
Και σε μια άλλη στιγμή υπήρξε μια μεγάλη βουτιά!
and in another moment there was a great splash!
Ήταν μέχρι το πηγούνι της σε αλμυρό νερό
she was up to her chin in salt-water
Η πρώτη της ιδέα ήταν ότι είχε πέσει με κάποιο τρόπο
στη θάλασσα

Her first idea was that she had somehow fallen into the sea
Ωστόσο, σύντομα συνειδητοποίησε τι ήταν
However, she soon realized what she was in
Ήταν σε μια λίμνη δακρύων
she was in a pool of tears
Τα δάκρυα που είχε κλάψει όταν ήταν δύο μέτρα ύψος
the tears she had wept when she was two meters tall

Ακριβώς τότε άκουσε κάτι
Just then she heard something
κάτι πιτσιλιζόταν στην πισίνα
something was splashing about in the pool
Το πιτσίλισμα ήρθε από λίγο μακριά
the splashing came from a little way off

Και κολύμπησε πιο κοντά για να δει τι ήταν το πιτσίλισμα
and she swam nearer to see what the splashing was
Σύντομα είδε ότι ήταν μόνο ένα μικρό ποντίκι
she soon saw that it was only a little mouse
Το ποντικάκι είχε γλιστρήσει κι αυτό στο νερό
the little mouse had slipped in to the water too
Η Αλίκη σκέφτηκε την κατάσταση
Alice thought to herself about the situation
"Θα ήταν χρήσιμο να μιλήσω σε αυτό το ποντίκι;"
"Would it be of any use to speak to this mouse?"
"Όλα είναι τόσο ανάποδα εδώ κάτω"
"Everything is so up-side-down down here"
"Θα πρέπει να σκεφτώ πολύ πιθανό αυτό το ποντίκι να μπορεί να μιλήσει"
"I should think very likely this mouse can talk"
«Εν πάση περιπτώσει, δεν είναι κακό να προσπαθείς»
"at any rate, there's no harm in trying"
Έτσι άρχισε να προσπαθεί να μιλήσει στο ποντίκι
So she began trying to talk to the mouse
"Ω Ποντίκι, ξέρεις τη διέξοδο από αυτή την πισίνα;"
"Oh Mouse, do you know the way out of this pool?"
"Είμαι πολύ κουρασμένος να κολυμπάω εδώ, Ω Ποντίκι!"
"I am very tired of swimming about here, Oh Mouse!"
Το ποντίκι την κοίταξε μάλλον περίεργα
The mouse looked at her rather inquisitively
Το ποντίκι φάνηκε να κλείνει το μάτι με ένα από τα μικρά του μάτια
the mouse seemed to wink with one of its little eyes
αλλά το μικρό ποντίκι δεν είπε τίποτα
but the little mouse said nothing
«Ίσως το ποντίκι να μην καταλαβαίνει αγγλικά», σκέφτηκε η Αλίκη
"Perhaps the mouse doesn't understand English," thought Alice
"Τολμώ να πω ότι είναι ένα γαλλικό ποντίκι"

"I dare say it's a French mouse"
"ίσως αυτό το ποντίκι ήρθε με τον Γουλιέλμο τον Κατακτητή"
"perhaps this mouse came over with William the Conqueror"
Έτσι ξεκίνησε ξανά, στα γαλλικά
So she began again, in French
«Πού είναι η γάτα μου;» ρώτησε στα γαλλικά
"Where is my cat?" she asked in French
ήταν η πρώτη πρόταση στο βιβλίο μαθημάτων γαλλικών της
it was the first sentence in her French lesson-book
Το ποντίκι έκανε ένα ξαφνικό άλμα έξω από το νερό
The Mouse gave a sudden leap out of the water
Και το ποντίκι φαινόταν να τρέμει παντού με τρόμο
and the mouse seemed to quiver all over with fright
«Ω, ζητώ συγνώμη!» φώναξε βιαστικά η Αλίκη
"Oh, I beg your pardon!" cried Alice hastily
Φοβόταν ότι είχε πληγώσει τα συναισθήματα του φτωχού ζώου
she was afraid that she had hurt the poor animal's feelings
«Ξέχασα ότι δεν σου άρεσαν οι γάτες»
"I quite forgot you didn't like cats"
«Δεν μου αρέσουν οι γάτες!» φώναξε το ποντίκι με διαπεραστική, παθιασμένη φωνή
"I don't like cats!" cried the Mouse in a shrill, passionate voice
«Θα ήθελες γάτες, αν ήσουν εγώ;»
"Would you like cats, if you were me?"
Η Αλίκη παρηγόρησε το ποντίκι με έναν καταπραϋντικό τόνο
Alice comforted the mouse in a soothing tone
"Λοιπόν, ίσως δεν θα ήθελα γάτες αν ήμουν ούτε εσύ"
"Well, perhaps I would not like cats if I were you either"
"Παρακαλώ μην θυμώνετε για την αναφορά των γατών"
"please don't be angry about the mention of cats"
"Και όμως μακάρι να μπορούσα να σας δείξω τη γάτα μας Dinah"

"And yet I wish I could show you our cat Dinah"
Αν τη συναντούσες, νομίζω ότι θα έπαιρνες μια φαντασία στις γάτες"
"if you met her I think you'd take a fancy to cats"
«Αν μπορούσες μόνο να τη δεις»
"if you could only see her"
"Είναι τόσο αγαπητό, ήσυχο πράγμα"
"She is such a dear, quiet thing"
Το ποντίκι έτρεμε παντού
The mouse was shaking all over
Η Αλίκη ένιωθε σίγουρη ότι το ποντίκι έπρεπε να προσβληθεί πραγματικά
Alice felt certain the mouse must be really offended
«Δεν θα μιλήσουμε πια γι' αυτήν, αν προτιμάτε όχι»
"We won't talk about her any more, if you'd rather not"
«Εμείς, πράγματι!» φώναξε το ποντίκι
"We, indeed!" cried the Mouse
Το ποντίκι έτρεμε μέχρι την άκρη της ουράς του
the mouse was trembling down to the end of its tail
«Σαν να μιλούσα για ένα τέτοιο θέμα!»
"As if I would talk on such a subject!"
«Η οικογένειά μας πάντα μισούσε τις γάτες»
"Our family always hated cats"
"Γάτες; άσχημα, χαμηλά, χυδαία πράγματα!»
"cats; nasty, low, vulgar things!"
«Μην με αφήσεις να ακούσω ξανά το όνομα!»
"Don't let me hear the name again!"
«Δεν θα αναφέρω ξανά τις γάτες!» είπε η Αλίκη
"I won't mention cats again indeed!" said Alice
Βιαζόταν πολύ να αλλάξει θέμα
she was in a great hurry to change the subject
«Είσαι... Σου αρέσουν τα σκυλιά;»
"Are you... are you fond of dogs?"
«Υπάρχει ένα τόσο ωραίο σκυλάκι κοντά στο σπίτι μας»
"There is such a nice little dog near our house,"
«Θα ήθελα να σου δείξω το σκυλάκι!»
"I should like to show you the little dog!"

«Αυτό το μικρό σκυλί σκοτώνει όλους τους αρουραίους και...
"this little dog kills all the rats and...
«Ω, αγαπητή!» φώναξε η Αλίκη με θλιμμένο τόνο
"oh, dear!" cried Alice in a sorrowful tone
«Φοβάμαι ότι σε προσέβαλα ξανά!»
"I'm afraid I've offended you again!"
Το ποντίκι κολυμπούσε μακριά της όσο πιο γρήγορα μπορούσε
the mouse was swimming away from her as fast as it could go
και το ποντίκι έκανε μεγάλη αναταραχή στην πισίνα
and the mouse made quite a commotion in the pool
Έτσι κάλεσε απαλά μετά το ποντίκι
So she called softly after the mouse
«Αγαπητό μου ποντίκι, σε παρακαλώ γύρνα πίσω!»
"my dear mouse, please come back!"
"Και δεν θα μιλήσουμε για γάτες"
"and we won't talk about cats"
«Και δεν χρειάζεται να μιλάμε ούτε για σκύλους»
"and we don't have to talk about dogs either"
Όταν το ποντίκι το άκουσε αυτό, γύρισε
When the mouse heard this, it turned around
Και το μικρό ποντίκι κολύμπησε αργά πίσω σε αυτήν
and the little mouse swam slowly back to her
Το πρόσωπο του ποντικιού ήταν αρκετά χλωμό
the mouse's face was quite pale
Και το ποντίκι μίλησε, με χαμηλή, τρεμάμενη φωνή
and the mouse spoke, in a low, trembling voice
«Ας πάμε στην ακτή»
"Let us get to the shore"
«και μετά θα σου πω την ιστορία μου»
"and then I'll tell you my history"
"και θα καταλάβετε γιατί μισώ τις γάτες και τα σκυλιά"
"and you'll understand why it is I hate cats and dogs"
Είχε έρθει η ώρα να φύγουμε
It had become high time to go
επειδή η πισίνα ήταν αρκετά γεμάτη

because the pool was getting quite crowded
Άλλα πουλιά και ζώα είχαν πέσει στην πισίνα
other birds and animals had fallen into the pool
υπήρχαν μια πάπια και ένα Dodo
there were a Duck and a Dodo
και υπήρχε ένα πουλί Lory και ένας αετός
and there was a Lory bird and an Eaglet
Και υπήρχαν πολλά άλλα ενδιαφέροντα πλάσματα
and there were several other interesting looking creatures
Η Αλίκη οδήγησε την έξοδο από την πισίνα
Alice led the way out the pool
και όλη η ομάδα των ζώων κολύμπησε στην ακτή
and the whole party of animals swam to the shore

Ένας αγώνας caucus και μια μακριά ουρά
A caucus race and a long tail
Ήταν πράγματι ένα αστείο μάτσο ζώων
They were indeed a funny-looking bunch of animals
Και όλοι μαζεύτηκαν στην όχθη του νερού
and they all assembled on the water's bank
Όλα τα πουλιά είχαν συρρικνωμένα φτερά
the birds all had bedraggled feathers
και τα γούνινα ζώα ήταν εμποτισμένα
and the furry animals were soaked through
και όλοι έσταζαν βρεγμένοι, ενοχλημένοι και άβολα
and all were dripping wet, annoyed and uncomfortable

Υπήρχε μια ερώτηση που έπρεπε να απαντηθεί πρώτα
there was one question that had to be answered first
Ποιος είναι ο καλύτερος τρόπος για να στεγνώσουν
όλοι;

what is the best way for everyone to get dry?
Είχαν μια διαβούλευση σχετικά με αυτό το θέμα
They had a consultation about this matter
Σύντομα ήταν όλοι με οικείους όρους
soon they were all on familiar terms
Ήταν σαν να τους γνώριζε όλη της τη ζωή
it was as if she had known them all her life
Το ποντίκι φαινόταν να είναι άτομο κάποιας εξουσίας
the mouse seemed to be a person of some authority
«Καθίστε, όλοι σας, και ακούστε με!
"Sit down, all of you, and listen to me!
«Σύντομα θα σας κάνω όλους στεγνούς ξανά!»
"I'll soon make you all dry again!"
Όλοι κάθισαν ταυτόχρονα, σε ένα μεγάλο δαχτυλίδι
They all sat down at once, in a large ring
Και το ποντικάκι κάθισε στη μέση
and the little mouse sat in the middle
«Αχμ!» είπε το ποντίκι με σημαντικό αέρα
"Ahem!" said the mouse with an important air
"Είστε όλοι έτοιμοι;"
"Are you all ready?"
"Αυτό είναι το πιο ξηρό πράγμα που ξέρω"
"This is the driest thing I know"
«Σιωπή παντού, αν θέλετε!»
"Silence all around, if you please!"
«Ο Γουλιέλμος ο Κατακτητής ευνοήθηκε από τον πάπα»
"William the Conqueror was favoured by the pope"
"αλλά σύντομα υποτάχθηκε από τους Άγγλους"
"but he was soon submitted to by the English"
«Ήθελαν ηγέτες τελευταία»
"they wanted leaders of late"
«Και είχαν συνηθίσει στην εξουσία και την κατάκτηση»
"and they had been accustomed to power and conquest"
"Edwin και Morcar, οι κόμητες της Mercia και Northumbria"
"Edwin and Morcar, the Earls of Mercia and Northumbria"
«Ωχ!» είπε το πουλί λόρι, με ρίγος

"Ugh!" said the lori bird, with a shiver
"και ακόμη και ο **Stigand**, ο πατριώτης αρχιεπίσκοπος του **Canterbury**"
"and even Stigand, the patriotic archbishop of Canterbury"
«Το βρήκε επίσης σκόπιμο»
"he also found it advisable"
«Τι βρήκε σκόπιμο;» είπε η πάπια
"What did he find advisable?" said the duck
«Το βρήκε σκόπιμο», απάντησε το ποντίκι μάλλον σταυρωτά
"He found it advisable" the mouse replied rather crossly
Αλλά η πάπια δεν ήταν ικανοποιημένη
but the duck was not satisfied
«Φυσικά, ξέρετε τι σημαίνει "αυτό"»
"of course, you know what 'it' means"
«Ξέρω τι είναι όταν βρίσκω κάτι», είπε η πάπια
"I know what 'it' is when I find a thing," said the duck
"Είναι γενικά ένας βάτραχος ή ένα σκουλήκι"
"it's generally a frog or a worm"
«Το ερώτημα είναι, τι βρήκε ο αρχιεπίσκοπος;»
"The question is, what did the archbishop find?"
Το ποντίκι δεν παρατήρησε αυτήν την ερώτηση
The mouse did not notice this question
Αντ 'αυτού, το ποντίκι συνέχισε βιαστικά την ομιλία
instead, the mouse hurriedly went on with the speech
"θεώρησε σκόπιμο να πάει με τον **Edgar Atheling**"
"he found it advisable to go with Edgar Atheling"
«να συναντήσει τον Γουίλιαμ και να του προσφέρει το στέμμα»
"to meet William and offer him the crown"
το ποντίκι συνέχισε, γυρίζοντας προς την Αλίκη καθώς μιλούσε
the mouse continued, turning to Alice as it spoke
«Πώς τα πας τώρα, αγαπητέ μου;»
"How are you getting on now, my dear?"
«Τόσο υγρή όσο ποτέ», είπε η Αλίκη με μελαγχολικό τόνο

"As wet as ever," said Alice in a melancholy tone

«Αυτή η ιστορία δεν φαίνεται να με στεγνώνει καθόλου»

"this story doesn't seem to dry me at all"

«Σε αυτή την περίπτωση», είπε το ντόντο επίσημα, σηκώνοντας τα πόδια του

"In that case," said the dodo solemnly, rising to its feet

«Ψηφίζω τη διακοπή της συνεδρίασης»

"I vote that the meeting be adjourned"

«και προτείνω την άμεση υιοθέτηση πιο ενεργητικών θεραπειών»

"and I propose an immediate adoption of more energetic remedies"

«Πες αληθινά λόγια!» είπε ο αετός

"Speak real words!" said the eaglet

«Δεν ξέρω το νόημα των μισών από αυτές τις μεγάλες λέξεις»

"I don't know the meaning of half of those long words"

"και, επιπλέον, δεν πιστεύω ότι ξέρεις ούτε!"

"and, what's more, I don't believe you know either!"

«Τι θα έλεγα», είπε ο ντόντο με προσβεβλημένο τόνο

"What I was going to say," said the dodo in an offended tone

"Το καλύτερο πράγμα για να μας στεγνώσει θα ήταν ένας αγώνας caucus"

"the best thing to get us dry would be a caucus-race"

«Τι είναι η φυλή caucus;» είπε η Αλίκη

"What is a caucus-race?" said Alice

«Λοιπόν», είπε ο ντόντο, «ο καλύτερος τρόπος για να το εξηγήσεις είναι να το κάνεις»
"Well," said the dodo, "the best way to explain it is to do it"
"Πρώτα το ντόντο χάραξε μια πίστα αγώνων"
"First the dodo marked out a race-course"
«Η πίστα ήταν σε ένα είδος κύκλου»
"the track was in a sort of circle"
«Και τότε όλο το κόμμα τοποθετήθηκε κατά μήκος της πορείας»
"and then all the party were placed along the course"
Δεν υπήρχε «Ένα, δύο, τρία και μακριά!»
There was no "One, two, three and away!"
Αλλά άρχισαν να τρέχουν όταν τους άρεσε
but they began running when they liked
και τελείωσαν επίσης όταν τους άρεσε
and they also finished when they liked
Έτσι, δεν ήταν εύκολο να γνωρίζουμε πότε τελείωσε ο αγώνας
so it was not easy to know when the race was over
Μετά από μισή ώρα περίπου τρεξίματος ήταν όλα

αρκετά στεγνά
after half an hour or so of running they were all quite dry
Το ντόντο φώναξε ξαφνικά: «Ο αγώνας τελείωσε!»
the dodo suddenly called out, "The race is over!"
Και όλοι συνωστίζονταν γύρω από το **dodo**
and they all crowded around the dodo
Όλα τα ζώα λαχάνιαζαν και φούσκωναν
all the animals were panting and puffing
Και όλοι ήθελαν να μάθουν: «Μα ποιος κέρδισε;»
and they all wanted to know, "But who has won?"
Αυτή η ερώτηση το **dodo** δεν μπορούσε να απαντήσει αμέσως
This question the dodo could not immediately answer
Πρώτα έπρεπε να σκεφτεί πολύ
first he had to do a great deal of thinking
Μετά από πολλή σκέψη, το **dodo** τελικά μίλησε
after much thinking, the dodo finally spoke
«Όλοι έχουν κερδίσει και όλοι πρέπει να έχουν βραβεία»
"Everybody has won, and all must have prizes"
«Αλλά ποιος θα δώσει τα βραβεία;» ρώτησε μια χορωδία φωνών
"But who is to give the prizes?" asked a chorus of voices
«Λοιπόν, αυτή, φυσικά», είπε το ντόντο
"Well, she, of course," said the dodo
και το ντόντο έδειξε με το ένα δάχτυλο την Αλίκη
and the dodo pointed with one finger to Alice
και όλη η ομάδα των ζώων συνωστίστηκε γύρω της
and the whole party of animals crowded around her
φώναζαν, με συγκεχυμένο τρόπο, «Βραβεία! Βραβεία!»
they called out, in a confused way, "Prizes! Prizes!"
Η Αλίκη δεν είχε ιδέα τι να κάνει
Alice had no idea what to do
Μέσα στην απελπισία έβαλε το χέρι στην τσέπη της
in despair she put her hand into her pocket
και έβγαλε ένα κουτί γλυκά
and she pulled out a box of sweets
Ευτυχώς το αλμυρό νερό δεν είχε μπει στο κουτί

luckily the salt-water had not got into the box
και έδωσε τα γλυκά γύρω ως βραβεία
and she handed the sweets around as prizes
Υπήρχε ακριβώς ένα κομμάτι για όλους
There was exactly one piece for everyone
Το επόμενο πράγμα που έπρεπε να κάνουν ήταν να φάνε τα γλυκά
The next thing they had to do was to eat the sweets
Αυτό προκάλεσε κάποιο θόρυβο και σύγχυση
this caused some noise and confusion
Τα μεγάλα πουλιά παραπονέθηκαν ότι δεν μπορούσαν να δοκιμάσουν τα γλυκά τους
the large birds complained that they could not taste their sweets
Τα μικρά πνίγηκαν και έπρεπε να χτυπηθούν στην πλάτη
the small ones choked and had to be patted on the back
Ωστόσο, τελείωσε επιτέλους
However, it was over at last
Και κάθισαν πάλι σε ένα δαχτυλίδι
and they sat down again in a ring
Και παρακάλεσαν το ποντίκι να τους πει κάτι περισσότερο
and they begged the mouse to tell them something more
«Υποσχέθηκες να μου πεις την ιστορία σου, ξέρεις», είπε η Αλίκη
"You promised to tell me your history, you know," said Alice
Και έκανε μια άλλη μικρή παρατήρηση για τις γάτες ψιθυριστά
and she made another little remark about cats in a whisper
Δεν ήθελε να προσβάλει ξανά το ποντίκι
she didn't want to offend the mouse again
το ποντικάκι γύρισε στην Αλίκη και αναστέναξε
the little mouse turned to Alice and sighed
«Η δική μου είναι μια μακρά και θλιβερή ιστορία!»
"Mine is a long and a sad tale!"
«Είναι μια μακριά ουρά, σίγουρα», είπε η Αλίκη

"It is a long tail, certainly," said Alice

Και κοίταξε κάτω με θαυμασμό την ουρά του ποντικιού

and she looked down with wonder at the mouse's tail

"Αλλά γιατί το αποκαλείς λυπημένη ουρά;"

"but why do you call it a sad tail?"

Και συνέχισε να προβληματίζεται γι 'αυτό ενώ το ποντίκι μιλούσε

And she kept on puzzling about it while the mouse was speaking

έτσι ώστε η ιδέα της για την ιστορία ήταν κάπως έτσι:

so that her idea of the tale was something like this

<pre>
        "Fury said to
         a mouse, That
          he met in the
           house, 'Let
            us both go
             to law: I
             will prosecute
             you.——
              Come, I'll
             take no denial:
            We must have
           the trial;
          For really
         this morning
       I've
      nothing
     to do.'
       Said the
         mouse to
          the cur,
           'Such a
            trial, dear
             sir, With
              no jury
               or judge,
               would
               be wasting
              our
             breath.'
           'I'll be
          judge,
         I'll be
        jury,'
      said
     cunning
       old
         Fury;
          'I'll
           try
            the
             whole
              cause,
              and
              condemn
             you to
       death.'"
</pre>

Η οργή είπε σε ένα ποντίκι, ότι συναντήθηκε στο σπίτι"
Fury said to a mouse, That he met in the house"
Ας πάμε και οι δύο στο νόμο: θα σας διώξω
Let us both go to law: I will prosecute you
Ελάτε, δεν θα δεχτώ καμία άρνηση: Πρέπει να κάνουμε
τη δίκη
Come, I'll take no denial: We must have the trial
Γιατί πραγματικά σήμερα το πρωί δεν έχω τίποτα να
κάνω
For really this morning I've nothing to do
Είπε το ποντίκι στο cur?
Said the mouse to the cur;
Μια τέτοια δίκη, αγαπητέ κύριε, χωρίς ενόρκους ή
δικαστές, θα χάναμε την ανάσα μας
Such a trial, dear sir, With no jury or judge, would be wasting
our breath
«Θα είμαι κριτής, θα είμαι ένορκος», είπε πονηρά ο
γερο-Φιούρι
"I'll be judge, I'll be jury," said cunning old Fury
Θα δικάσω όλη την υπόθεση και θα σε καταδικάσω σε
θάνατο
I'll try the whole cause, and condemn you to death
το ποντίκι μίλησε αυστηρά στην Αλίκη
the mouse spoke severely to Alice
«Δεν δίνεις σημασία!»
"You are not paying attention!"
«Τι σκέφτεσαι;»
"What are you thinking of?"
«Ζητώ συγνώμη», είπε η Αλίκη πολύ ταπεινά
"I beg your pardon," said Alice very humbly
«Είχες φτάσει στην πέμπτη στροφή, νομίζω;»
"you had got to the fifth bend, I think?"
«Με προσβάλλετε λέγοντας τέτοιες ανοησίες!»
"You insult me by talking such nonsense!"
Και το ποντίκι σηκώθηκε και έφυγε
and the mouse got up and walked away
Η Αλίκη κάλεσε το μικρό ποντίκι

Alice called after the little mouse
«Παρακαλώ επιστρέψτε και τελειώστε την ιστορία σας!»
"Please come back and finish your story!"
Και όλοι οι άλλοι ενώθηκαν εν χορώ
And the others all joined in chorus
«Ναι, παρακαλώ τελειώστε την ιστορία σας!»
"Yes, please do finish your story!"
Αλλά το ποντίκι κούνησε μόνο το κεφάλι του ανυπόμονα
But the mouse only shook its head impatiently
και το μικρό ποντίκι περπάτησε λίγο πιο γρήγορα
and the little mouse walked a little quicker
«Μακάρι να είχα την Ντίνα, τη γάτα μας, εδώ!» είπε η Αλίκη
"I wish I had Dinah, our cat, here!" said Alice
Αυτό προκάλεσε μια αξιοσημείωτη αίσθηση μεταξύ του κόμματος
This caused a remarkable sensation among the party
Μερικά από τα πουλιά έσπευσαν αμέσως
Some of the birds hurried off at once
Και ένα καναρίνι φώναξε με τρεμάμενη φωνή, στα παιδιά του.
and a Canary called out in a trembling voice, to its children;
«Φύγε, αγαπητοί μου!»
"Come away, my dears!"
«Ήρθε η ώρα να είστε όλοι στο κρεβάτι!»
"It's high time you were all in bed!"
Με διάφορες δικαιολογίες έφυγαν όλοι
with various excuses they all went away
και η Αλίκη σύντομα έμεινε μόνη
and Alice was soon left alone
«Μακάρι να μην είχα αναφέρει την Ντίνα!»
"I wish I hadn't mentioned Dinah!"
«Κανείς δεν φαίνεται να την συμπαθεί εδώ κάτω»
"Nobody seems to like her down here"
«αλλά είμαι σίγουρος ότι είναι η καλύτερη γάτα στον κόσμο!»

"but I'm sure she's the best cat in the world!"
Η καημένη η Αλίκη άρχισε να κλαίει ξανά
Poor Alice began to cry again
επειδή ένιωθε πολύ μόνη και με χαμηλό πνεύμα
because she felt very lonely and low-spirited
Σε λίγο, όμως, άκουσε πάλι κάτι
In a little while, however, she again heard something
Ένα μικρό χτύπημα των βημάτων στο βάθος
a little pattering of footsteps in the distance
Και κοίταξε ψηλά με ανυπομονησία
and she looked up eagerly

Το κουνέλι στέλνει τον μικρό κύριο Μπιλ
The rabbit sends in little Mr Bill

Ήταν το λευκό κουνέλι, που έτρεχε αργά πίσω και πάλι
It was the white rabbit, trotting slowly back again
Κοιτούσε με αγωνία καθώς πήγαινε
he was looking about anxiously as he went
Έμοιαζε σαν να είχε χάσει κάτι
he looked as if he had lost something
Η Αλίκη τον άκουσε να μουρμουρίζει στον εαυτό του
Alice heard him muttering to himself
«Η Δούκισσα! Η Δούκισσα! Ω, αγαπητά μου πόδια!»
"The Duchess! The Duchess! Oh, my dear paws!"
«Ω, η γούνα και τα μουστάκια μου!»
"Oh, my fur and whiskers!"
«Θα με εκτελέσει, είμαι σίγουρος γι' αυτό»
"She'll get me executed, I'm sure of that"
"Τόσο σίγουρος όσο τα κουνάβια είναι κουνάβια!"
"just as sure as ferrets are ferrets!"
«Πού μπορώ να έχω ρίξει τα πράγματά μου,

αναρωτιέμαι;»
"Where can I have dropped my things, I wonder?"
Η Αλίκη μάντεψε σε μια στιγμή τι έψαχνε
Alice guessed in a moment what he was looking for
Έψαχνε για τον ανεμιστήρα φτερών
he was looking for the feather fan
και έψαχνε για το ζευγάρι λευκά γάντια
and he was looking for the pair of white gloves
Έτσι πολύ καλοπροαίρετα άρχισε να ψάχνει για τα γάντια
so she very good-naturedly began looking for the gloves
Και έψαξε και για τον ανεμιστήρα φτερών
and she looked for the feather fan too
Αλλά τα γάντια και ο ανεμιστήρας φτερών δεν ήταν πουθενά
but the gloves and feather fan were nowhere to be seen
Όλα έμοιαζαν να έχουν αλλάξει από τότε που έκανε το μπάνιο της στην πισίνα
everything seemed to have changed since her swim in the pool
Τίποτα δεν ήταν το ίδιο από τότε που βρισκόταν στη Μεγάλη Αίθουσα
nothing was the same since she had been in the great hall
και το γυάλινο τραπέζι είχε εξαφανιστεί
and the glass table had vanished
Και η μικρή πόρτα δεν ήταν ούτε εκεί
and the little door wasn't there either
Πολύ σύντομα το κουνέλι παρατήρησε την Αλίκη
Very soon the rabbit noticed Alice
Της φώναξε με θυμωμένο τόνο
he called to her in an angry tone
«Μαίρη Ανν, τι κάνεις εδώ έξω;»
"Mary Ann, what are you doing out here?"
«Τρέξε σπίτι αυτή τη στιγμή»
"Run home this moment"
«Και φέρτε μου ένα ζευγάρι γάντια και έναν ανεμιστήρα φτερών!»
"and fetch me a pair of gloves and a feather fan!"

"Και να είστε γρήγοροι γι 'αυτό!"
"and be quick about it!"
Η Αλίκη μιλούσε στον εαυτό της καθώς έφευγε τρέχοντας
Alice spoke to herself as she ran off
«Πρέπει να με μπέρδεψε με την υπηρέτριά του!»
"He must have mistaken me for his housemaid!"
«Πόσο έκπληκτος θα εκπλαγεί όταν ανακαλύψει ποιος είμαι!»
"How surprised he'll be when he finds out who I am!"
Καθώς το είπε αυτό, βρήκε ένα τακτοποιημένο μικρό σπίτι
As she said this, she came upon a neat little house
Στην πόρτα του σπιτιού υπήρχε μια φωτεινή ορειχάλκινη πλάκα
on the door of the house was a bright brass plate
"W. ΚΟΥΝΈΛΙ"
"W. RABBIT"
Μπήκε μέσα χωρίς να χτυπήσει την πόρτα
She went in without knocking on the door
Και έσπευσε κατευθείαν στον επάνω όροφο
and she hurried straight upstairs
ανησυχούσε ότι θα μπορούσε να συναντήσει την πραγματική Mary Ann
she worried that she might meet the real Mary Ann
γιατί τότε θα την έδιωχναν από το σπίτι
because then she would be turned out of the house
Και δεν θα μπορούσε να βρει τον ανεμιστήρα φτερών και τα γάντια
and she wouldn't be able to find the feather fan and gloves
Η Αλίκη είχε βρει το δρόμο της σε ένα τακτοποιημένο μικρό δωμάτιο
Alice had found her way into a tidy little room
Στο δωμάτιο υπήρχε ένα τραπέζι δίπλα στο παράθυρο
in the room was a table by the window
και στο τραπέζι ήταν ένας ανεμιστήρας φτερών
and on the table was a feather fan

Και υπήρχαν δύο ή τρία ζευγάρια μικροσκοπικά λευκά γάντια
and there were two or three pairs of tiny white gloves
Πήρε τον ανεμιστήρα φτερών και ένα ζευγάρι γάντια
she picked up the feather fan and a pair of the gloves
Και ήταν έτοιμη να φύγει από το δωμάτιο
and she was just about to leave the room
Αλλά τότε τα μάτια της έπεσαν πάνω σε ένα μικρό μπουκάλι
but then her eyes fell upon a little bottle
Ξεκούμπωσε το μπουκάλι και το έβαλε στα χείλη της
She uncorked the bottle and put it to her lips
«Ελπίζω ότι θα με κάνει να μεγαλώσω ξανά»
"I do hope it'll make me grow large again"
«Κουράστηκα να είμαι τόσο μικρό πράγμα!»
"I'm tired of being such a tiny little thing!"
Η Αλίκη δεν είχε πιει σχεδόν καθόλου το μισό μπουκάλι
Alice had hardly drunk half the bottle
Το κεφάλι της πίεζε ήδη το ταβάνι
her head was already pressing against the ceiling
Και έπρεπε να σκύψει κάτω
and she had to stoop down
για να σώσει το λαιμό της από το σπάσιμο
to save her neck from being broken
Έβαλε βιαστικά κάτω το μπουκάλι
She hastily put down the bottle
"Αυτό είναι αρκετό"
"That's quite enough"
«Ελπίζω να μην μεγαλώσω άλλο»
"I hope I don't grow anymore"
Αλίμονο! Ήταν πολύ αργά για να το ευχηθούμε!
Alas! It was too late to wish that!
Συνέχισε να μεγαλώνει και να μεγαλώνει
She went on growing and growing
Και πολύ σύντομα έπρεπε να γονατίσει στο πάτωμα
and very soon she had to kneel down on the floor
Και ακόμα και τότε συνέχισε να μεγαλώνει

and even then she went on growing

Ως τελευταίο πόρο έβαλε το ένα χέρι έξω από το παράθυρο

as a last resource she put one arm out of the window

και έβαλε το ένα πόδι πάνω στην καμινάδα

and she put one foot up the chimney

«Τώρα δεν μπορώ να κάνω περισσότερα, ό,τι κι αν συμβεί»

"Now I can do no more, whatever happens"

«Τι θα απογίνω εγώ;»

"What will become of me?"

Η Αλίκη είχε ένα σημείο τύχης Alice had a spot of luck
Το μικρό μαγικό μπουκάλι είχε την πλήρη επίδρασή του
the little magic bottle had had its full effect
και η Αλίκη δεν μεγάλωσε περισσότερο από ό, τι ήταν
and Alice grew no larger than she was
Μετά από λίγα λεπτά άκουσε μια φωνή έξω
After a few minutes she heard a voice outside
και σταμάτησε να ακούσει τη φωνή
and she stopped to listen to the voice
«Μαίρη Αvν! Μαίρη Αvν!» είπε η φωνή
"Mary Ann! Mary Ann!" said the voice
«Φέρε μου τα γάντια μου αυτή τη στιγμή!»
"Fetch me my gloves this moment!"
Στη συνέχεια ήρθε ένα μικρό χτύπημα των ποδιών στις σκάλες
Then came a little pattering of feet on the stairs
Η Αλίκη ήξερε ότι ήταν το κουνέλι που ερχόταν να την ψάξει
Alice knew it was the rabbit coming to look for her
Και έτρεμε μέχρι που ταρακούνησε το σπίτι
and she trembled till she shook the house
Ξέχασε ποιες ήταν οι αναλογίες της
she quite forgot what her proportions were
Ήταν χίλιες φορές μεγαλύτερη από το κουνέλι
she was a thousand times as large as the rabbit
Και δεν είχε κανένα λόγο να φοβάται ένα κουνέλι
and she had no reason to be afraid of a rabbit
Σύντομα το κουνέλι ήρθε στην πόρτα
Presently the rabbit came up to the door
Και το μικρό κουνέλι προσπάθησε να ανοίξει την πόρτα
and the little rabbit tried to open the door
Η πόρτα άρχισε να ανοίγει προς τα μέσα
the door started to open inwards
αλλά ο αγκώνας της Αλίκης πιέστηκε δυνατά στην πόρτα

but Alice's elbow was pressed hard against the door

Αυτή η προσπάθεια αποδείχθηκε αποτυχημένη

that attempt proved a failure

Η Αλίκη άκουσε το κουνέλι να μιλάει στον εαυτό του

Alice heard the rabbit speak to himself

«Μετά θα πάω και θα μπω από το παράθυρο»

"Then I'll go around and get in through the window"

«Ότι δεν θα το κάνεις!» σκέφτηκε η Αλίκη

"That you won't!" thought Alice

και περίμενε λίγο ξανά

and she waited a little again

Σύντομα άκουσε το κουνέλι ακριβώς κάτω από το παράθυρο

soon she heard the rabbit just under the window

Ξαφνικά άπλωσε το χέρι της

she suddenly spread out her hand

και έκανε μια αρπαγή στον αέρα

and she made a snatch in the air

Δεν πήρε τίποτα στα χέρια της

She did not get hold of anything

Αλλά άκουσε μια μικρή κραυγή και μια πτώση

but she heard a little shriek and a fall

και άκουσε μια συντριβή σπασμένου γυαλιού

and she heard a crash of broken glass

Ίσως το κουνέλι να είχε πέσει

perhaps the rabbit had fallen

Ίσως ήταν σε ένα θερμοκήπιο

maybe he was in a green-house

Μετά ακούστηκε μια θυμωμένη φωνή. Η φωνή του κουνελιού

Next came an angry voice; the rabbit's voice

"Pat, πού είσαι;"

"Pat, where are you?"

Και τότε ήρθε μια φωνή που δεν είχε ακούσει ποτέ πριν

And then came a voice she had never heard before

«Τιμή σας, είμαι εδώ!»

"your honour, I'm here!"

«Σκάβω μήλα»
"I'm digging for apples"
«Εδώ! Ελάτε να με βοηθήσετε να βγω από αυτό!»
"Here! Come and help me out of this!"
«Τώρα πες μου, Πατ, τι είναι αυτό στο παράθυρο;»
"Now tell me, Pat, what's that in the window?"
«Σίγουρα, τιμή σου, θα σου πω»
"Sure, your honour, I will tell you"
«Είναι ένα χέρι που είναι στο παράθυρο!»
"it's an arm that's in the window!"
"Λοιπόν, ένα χέρι δεν έχει καμία δουλειά εκεί"
"Well, an arm has no business there"
«Πήγαινε και πάρε το χέρι μακριά!»
"go and take the arm away!"
Υπήρξε μια μακρά σιωπή μετά από αυτό
There was a long silence after this
και η Αλίκη άκουγε μόνο ψιθύρους πού και πού
and Alice could only hear whispers now and then
Και επιτέλους άπλωσε ξανά το χέρι της
and at last she spread out her hand again
Και έκανε άλλη μια αρπαγή στον αέρα
and she made another snatch in the air
Αυτή τη φορά υπήρχαν δύο μικρές κραυγές
This time there were two little shrieks
και υπήρχαν περισσότεροι ήχοι σπασμένου γυαλιού
and there was more sounds of broken glass
«Αναρωτιέμαι τι θα κάνουν μετά!» σκέφτηκε η Αλίκη
"I wonder what they'll do next!" thought Alice
«Μακάρι να με έβγαζαν από το παράθυρο»
"I wish they would pull me out the window"
Περίμενε αρκετή ώρα
She waited for some time
Αλλά για λίγο δεν άκουσε τίποτα περισσότερο
but for a while she didn't hear anything more
Επιτέλους ήρθε ένα βουητό από μικρούς τροχούς
At last came a rumbling of little wheels
Και ακούστηκε ο ήχος πολλών φωνών

and there came the sound of a good many voices
Όλες οι φωνές μιλούσαν μαζί
all the voices were talking together
Θα μπορούσε να διακρίνει μερικές από τις λέξεις
She could make out some of the words
"Πού είναι η άλλη σκάλα;"
"Where's the other ladder?"
«Ο Μπιλ έχει την άλλη σκάλα»
"Bill's got the other ladder"
«Μπιλ, έλα εδώ!»
"Bill, come here!"
"Θα αντέξει η οροφή το φορτίο;"
"Will the roof bear the load?"
"Ποιος θέλει να κατέβει από την καμινάδα;"
"Who wants to go down the chimney?"
«Όχι, δεν θα το κάνω! Το κάνεις!»
"Nay, I shall not! You do it!"
«Εδώ, Μπιλ!»
"Here, Bill!"
«Ο αφέντης λέει ότι πρέπει να κατέβεις από την
καμινάδα!»
"The master says you've got to go down the chimney!"
Η Αλίκη τράβηξε το πόδι της όσο πιο κάτω μπορούσε
από την καμινάδα
Alice drew her foot as far down the chimney as she could
Και μετά περίμενε να δει τι ερχόταν
and then she waited to see what was coming
Άκουσε ένα μικρό ζώο να ξύνεται και να ανακατεύεται
she heard a little animal scratching and scrambling
το μικρό ζώο πρέπει να βρίσκεται στην καμινάδα
the little animal must be in the chimney
Στη συνέχεια έδωσε μια απότομη κλωτσιά
then she gave one sharp kick
Και περίμενε να δει τι θα συνέβαινε στη συνέχεια
and she waited to see what would happen next
Άκουσε μια γενική χορωδία φωνών
she heard a general chorus of voices

«Πάει Μπιλ!» είπαν όλοι
"There goes Bill!" they all said
Τότε άκουσε μόνο τη φωνή του κουνελιού
then she heard the rabbit's voice alone
«Εσύ από το φράχτη, πιάσε τον!»
"You by the hedge, catch him!"
Τηρήθηκε ενός λεπτού σιγή
there was another moment of silence
Και τότε υπήρξε μια άλλη σύγχυση φωνών
and then there was another confusion of voices
«Σήκωσε ψηλά το κεφάλι του, Μπράντι»
"Hold up his head, Brandy"
«Πρόσεχε να μην τον πνίξεις»
"be careful not to choke him"
«Τι σου συνέβη;»
"What happened to you?"
Τελευταία ήρθε μια λίγο αδύναμη, τσιριχτή φωνή
Last came a little feeble, squeaking voice
"Λοιπόν, δεν ξέρω πια"
"Well, I hardly know no more"
«Σας ευχαριστώ όλους, είμαι καλύτερα τώρα»
"thank you all, I'm better now"
«Υπάρχει ένα πράγμα που μπορώ να θυμηθώ»
"there is one thing I can remember"
"Κάτι έρχεται σε μένα σαν ένα τρένο σε ένα τούνελ"
"something comes at me like a train in a tunnel"
«Και ψηλά πετάω σαν πύραυλος του ουρανού!»
"and up I fly like a sky-rocket!"
Τηρήθηκε ενός ή δύο λεπτών σιγή
there was a minute or two of silence
Και μετά άρχισαν να κινούνται ξανά
and then they began moving about again
και η Αλίκη άκουσε το κουνέλι να μιλάει ξανά
and Alice heard the Rabbit speak again
"Ένα barrowful θα κάνει, για να αρχίσει με"
"A barrowful will do, to begin with"
«Ένα βαρετό από τι;» σκέφτηκε η Αλίκη

"A barrowful of what?" thought Alice

Αλλά δεν κρατήθηκε σε αγωνία για πολύ

But she was not kept in suspense for long

Μια ντουζιέρα από μικρά βότσαλα ήρθε από το παράθυρο

a shower of little pebbles came through the window

και μερικά από τα μικρά βότσαλα την χτύπησαν στο πρόσωπο

and some of the little pebbles hit her in the face

Η Αλίκη έμεινε έκπληκτη με τα μικρά βότσαλα

Alice was surprised about the little pebbles

όλα τα μικρά βότσαλα μετατρέπονταν σε κέικ

all the little pebbles were turning into cakes

Και μια λαμπρή ιδέα ήρθε στο μυαλό της

and a bright idea came into her head

"Πρέπει να φάω ένα από αυτά τα κέικ"

"I should eat one of these cakes"

"Το κέικ είναι βέβαιο ότι θα κάνει κάποια αλλαγή στο μέγεθός μου"

"cake is sure to make some change in my size"

Έτσι κατάπιε ένα από τα κέικ

So she swallowed one of the cakes

Και ήταν ευτυχής που διαπίστωσε ότι άρχισε να συρρικνώνεται

and she was delighted to find that she began shrinking

Σύντομα ήταν αρκετά μικρή για να περάσει την πόρτα

soon she was small enough to get through the door

Έτρεξε έξω από το σπίτι

she ran out of the house

Ένα πλήθος μικρών ζώων και πουλιών περίμενε έξω

a crowd of little animals and birds were waiting outside

όλα τα μικρά πουλιά και ζώα όρμησαν στην Αλίκη

all the little birds and animals rushed at Alice

Αλλά έφυγε όσο πιο γρήγορα μπορούσε

but she ran off as fast as she could

Και σύντομα βρέθηκε ασφαλής σε ένα παχύ δάσος

and soon she found herself safe in a thick wood

Η Αλίκη περιπλανιόταν στο δάσος
Alice wandered about in the woods
Και σκέφτηκε:
and she thought to herself:
«Ξέρω τι πρέπει να κάνω πρώτα»
"I know what I have to do first"
"πρώτα πρέπει να μεγαλώσω ξανά στο σωστό μου μέγεθος"
"first I have to grow to my right size again"
"και τότε πρέπει να βρω το δρόμο μου σε αυτόν τον υπέροχο κήπο"
"and then I have to find my way into that lovely garden"
«Υποθέτω ότι πρέπει να φάω ή να πιω κάτι ή άλλο»
"I suppose I ought to eat or drink something or other"
"αλλά το ερώτημα είναι τι πρέπει να φάω ή να πιω;"
"but the question is what should I eat or drink?"
Η Αλίκη κοίταξε γύρω της τα λουλούδια
Alice looked all around her at the flowers
Και κοίταξε μέσα από τις λεπίδες του γρασιδιού
and she looked through the blades of grass
Αλλά δεν μπορούσε να δει τίποτα να φάει ή να πιει
but she could not see anything to eat or drink
Τίποτα δεν έμοιαζε με το σωστό πράγμα για φαγητό ή ποτό
nothing looked like the right thing to eat or drink
Υπήρχε ένα μεγάλο μανιτάρι που μεγάλωνε κοντά της
There was a large mushroom growing near her
το μανιτάρι είχε περίπου το ίδιο ύψος με την Αλίκη
the mushroom was about the same height as Alice
Τεντώθηκε στις μύτες των ποδιών
She stretched herself up on tiptoes
Και κρυφοκοίταξε πάνω από την άκρη του μανιταριού
and she peeped over the edge of the mushroom
Τα μάτια της συνάντησαν αμέσως τα μάτια μιας μεγάλης μπλε κάμπιας
her eyes immediately met the eyes of a large blue caterpillar
Η κάμπια καθόταν στην κορυφή του μανιταριού

the caterpillar was sitting on the top of the mushroom
Και η κάμπια είχε σταυρώσει όλα τα χέρια του
and the caterpillar had crossed all his arms
Και κάπνιζε ήσυχα ένα μακρύ ναργιλέ
and he was quietly smoking a long hookah
Και δεν έδωσε την παραμικρή σημασία σε τίποτα
and he took not the smallest notice of anything
και σίγουρα δεν έδωσε προσοχή στην Αλίκη
and he certainly didn't pay attention to Alice

Συμβουλές από κάμπια
Advice from a caterpillar

Επιτέλους η κάμπια έβγαλε τον ναργιλέ από το στόμα της

At last the caterpillar took the hookah out of its mouth

και απευθύνθηκε στην Αλίκη με μια νωχελική, νυσταγμένη φωνή

and he addressed Alice in a languid, sleepy voice

«Ποιος είσαι;» είπε η κάμπια

"Who are you?" said the caterpillar

Η Αλίκη απάντησε, μάλλον ντροπαλά, «Δεν ξέρω, κύριε»

Alice replied, rather shyly, "I hardly know, sir"

«Ακριβώς αυτή τη στιγμή είναι όλα λίγο...»

"just at the moment it's all a bit..."

«Ξέρω ποιος ήμουν όταν σηκώθηκα σήμερα το πρωί»
"I know who I was when I got up this morning""
"αλλά νομίζω ότι πρέπει να έχω αλλάξει αρκετές φορές από τότε"
"but I think I must have changed several times since then"
«Τι εννοείς με αυτό;» είπε η κάμπια
"What do you mean by that?" said the caterpillar
Αυστηρά η κάμπια της ζήτησε να εξηγήσει τον εαυτό της
sternly the caterpillar asked her to explain herself
«Δεν μπορώ να εξηγήσω τον εαυτό μου, φοβάμαι, κύριε», είπε η Αλίκη
"I can't explain myself, I'm afraid, sir," said Alice
«γιατί δεν είμαι ο εαυτός μου»
"because I'm not myself"
"Βλέπετε, το να έχεις τόσα πολλά διαφορετικά μεγέθη σε μια μέρα είναι πολύ συγκεχυμένο"
"you see, being so many different sizes in a day is very confusing"
Σηκώθηκε και είπε πολύ σοβαρά:
She pulled herself up and said very gravely:
«Νομίζω ότι πρέπει πρώτα να μου πεις ποιος είσαι»
"I think you ought to tell me who you are, first"
«Γιατί;» είπε η κάμπια
"Why?" said the caterpillar
Η Αλίκη δεν μπορούσε να σκεφτεί κανένα καλό λόγο
Alice could not think of any good reason
Και η κάμπια φαινόταν να είναι σε μια πολύ δυσάρεστη κατάσταση του μυαλού
and the caterpillar seemed to be in a very unpleasant state of mind
Έτσι γύρισε μακριά
so she turned away
«Γύρνα πίσω!» της φώναξε η κάμπια
"Come back!" the caterpillar called after her
«Έχω κάτι σημαντικό να πω!»
"I've something important to say!"

Η Αλίκη γύρισε και επέστρεψε ξανά
Alice turned and came back again
«Κράτα την ψυχραιμία σου», είπε η κάμπια
"Keep your temper," said the caterpillar
«Αυτό είναι όλο;» είπε η Αλίκη
"Is that all?" said Alice
Και κατάπιε το θυμό της όσο καλύτερα μπορούσε
and she swallowed her anger as well as she could
«Όχι», είπε η κάμπια
"No," said the caterpillar
Η κάμπια ξεδίπλωσε τα χέρια της
the caterpillar unfolded its arms
Και έβγαλε πάλι τον ναργιλέ από το στόμα του
and he took the hookah out of his mouth again
Και είπε, ΄Έτσι νομίζεις ότι έχεις αλλάξει, έτσι;΄΄
and he said, "So you think you're changed, do you?"
«Φοβάμαι, έχω αλλάξει, κύριε», είπε η Αλίκη
"I'm afraid, I am changed, sir," said Alice
«Δεν μπορώ να θυμηθώ τα πράγματα όπως τα
θυμόμουν»
"I can't remember things as I used to remember them"
"και δεν μένω στο ίδιο μέγεθος για περισσότερο από
δέκα λεπτά!"
"and I don't stay the same size for more than ten minutes!"
«Τι μέγεθος θέλεις να είσαι;» ρώτησε η κάμπια
"What size do you want to be?" asked the caterpillar
«Ω, δεν με πειράζει ιδιαίτερα τι μέγεθος είμαι»,
απάντησε βιαστικά η Αλίκη
"Oh, I don't particularly mind what size I am," Alice hastily
replied
"Απλά δεν μου αρέσει να αλλάζω μέγεθος τόσο συχνά,
ξέρεις"
"I just don't like changing size so often, you know"
«Θα ήθελα να είμαι λίγο μεγαλύτερος, κύριε»
"I would like to be a little larger, sir"
«Αν δεν σε πειράζει», πρόσθεσε η Αλίκη
"if you wouldn't mind," added Alice

"Δέκα εκατοστά είναι ένα τόσο άθλιο ύψος για να είναι"
"Ten centimetres is such a wretched height to be"
«Είναι πράγματι πολύ καλό ύψος!» είπε θυμωμένη η
κάμπια
"It is a very good height indeed!" said the caterpillar angrily
Και σηκώθηκε όρθιος καθώς μιλούσε
and he reared itself upright as he spoke
Είχε ύψος ακριβώς δέκα εκατοστά
he was exactly ten centimetres high
Σε ένα ή δύο λεπτά, η κάμπια κατέβηκε από το μανιτάρι
In a minute or two, the caterpillar got down off the mushroom
και σύρθηκε μακριά στο χορτάρι
and he crawled away into the grass
Καθώς έφευγε, έκανε μερικές μικρές παρατηρήσεις
as he went away, he made some little remarks
"Η μία πλευρά θα σας κάνει να ψηλώσετε"
"One side will make you grow taller"
"Και η άλλη πλευρά θα σας κάνει να μικρύνετε"
"and the other side will make you grow shorter"
«Μια πλευρά από τι;» σκέφτηκε η Αλίκη στον εαυτό της
"One side of what?" thought Alice to herself
"Η άλλη πλευρά τι;"
"The other side of what?"
«Η πλευρά του μανιταριού», είπε η κάμπια
"the side of the mushroom," said the caterpillar
Ήταν σαν να είχε κάνει την ερώτησή της δυνατά
it was as if she had asked her question aloud
Και σε μια άλλη στιγμή, ήταν εκτός οπτικού πεδίου
and in another moment, he was out of sight
Η Αλίκη παρέμεινε κοιτάζοντας προσεκτικά το
μανιτάρι
Alice remained looking thoughtfully at the mushroom
Προσπαθούσε να καταλάβει ποιες ήταν οι δύο πλευρές
του μανιταριού
she was trying to make out which were the two sides of the
mushroom
Επιτέλους τέντωσε τα χέρια της γύρω από το μανιτάρι

At last she stretched her arms around the mushroom
και έσπασε λίγο από τις άκρες
and she broke off a bit of the edges
«Και τώρα, ποια πλευρά είναι ποια;» είπε στον εαυτό της
"And now, which side is which?" she said to herself
και τσίμπησε λίγο από το δεξί κομμάτι
and she nibbled a little of the right-hand bit
Την επόμενη στιγμή ένιωσε ένα βίαιο χτύπημα κάτω
από το πηγούνι της
The next moment she felt a violent blow underneath her chin
Το πηγούνι της είχε χτυπήσει το πόδι της!
her chin had struck her foot!
Ήταν πολύ φοβισμένη από αυτή την πολύ ξαφνική
αλλαγή
She was a good deal frightened by this very sudden change
Συρρικνωνόταν πολύ γρήγορα
she was shrinking very rapidly
Έτσι έφαγε γρήγορα λίγο από το άλλο κομμάτι
μανιταριού
so she quickly ate some of the other bit of mushroom
Το πηγούνι της πιέστηκε πολύ στενά στο πόδι της
Her chin was pressed very closely against her foot
Δεν υπήρχε σχεδόν καθόλου χώρος για να ανοίξει το
στόμα της
there was hardly room to open her mouth
Αλλά τελικά κατάφερε να ανοίξει το στόμα της
but she did at last manage to open her mouth
και κατάπιε μια μπουκιά από το αριστερό κομμάτι
and she swallowed a morsel of the left-hand bit
«Επιτέλους ελευθερώθηκε το κεφάλι μου!» είπε η Αλίκη
"my head's been freed at last!" said Alice
Κοίταξε τον εαυτό της
she looked down at herself
Αλλά το μόνο που μπορούσε να δει ήταν ένα τεράστιο
μήκος λαιμού
but all she could see was an immense length of neck
Ο λαιμός της φαινόταν να ανεβαίνει σαν μίσχος

her neck seemed to rise like a stalk
Και κοίταξε κάτω πάνω από μια θάλασσα από πράσινα φύλλα
and she looked down over a sea of green leaves
«Πού πήγαν οι ώμοι μου;»
"Where have my shoulders gotten to?"
«Και ω, φτωχά μου χέρια, πώς γίνεται να μην μπορώ να σε δω;»
"And oh, my poor hands, how is it I can't see you?"
Αλλά ο λαιμός της είχε ένα όφελος.
but her neck did have one benefit
Μπορούσε να κινήσει το κεφάλι της προς οποιαδήποτε κατεύθυνση
she could move her head in any direction
Στην πραγματικότητα, ήταν ακριβώς όπως ένα φίδι
in fact, she was just like a serpent
Έκανε χαριτωμένα ζιγκ-ζαγκ το κεφάλι της προς τα κάτω
she gracefully zigzagged her head down
Και κίνησε το κεφάλι της μέσα από τα δέντρα
and she moved her head through the trees
Αλλά τότε άκουσε ένα απότομο σφύριγμα
but then she heard a sharp hiss
Και τράβηξε γρήγορα το κεφάλι της προς τα πίσω
and she quickly pulled her head back
Ένα μεγάλο περιστέρι είχε πετάξει στο πρόσωπό της
a large pigeon had flown into her face
Και το περιστέρι ήταν βίαια με τα φτερά του
and the pigeon was violently with its wings

«Φίδι!» φώναξε το περιστέρι
"Serpent!" cried the pigeon
«Δεν είμαι φίδι!» είπε αγανακτισμένη η Αλίκη
"I'm not a serpent!" said Alice indignantly
«Άσε με ήσυχο!»
"Leave me alone!"
"Έχω δοκιμάσει τις ρίζες των δέντρων"
"I've tried the roots of trees"
«Και έχω δοκιμάσει φράχτες», συνέχισε το περιστέρι
"and I've tried hedges," the pigeon went on
«Μα αυτά τα φίδια! Δεν τους ευχαριστεί!»
"but those serpents! There's no pleasing them!"
Η Αλίκη ήταν όλο και πιο μπερδεμένη
Alice was more and more puzzled

«Σαν να μην ήταν αρκετό πρόβλημα η εκκόλαψη των αυγών», είπε το περιστέρι
"As if it wasn't trouble enough hatching the eggs," said the pigeon
«Νύχτα και μέρα πρέπει να προσέχω και τα φίδια!»
"by night and day I must look out for serpents too!"
«Μόλις είχα βρει το ψηλότερο δέντρο στο δάσος»
"I had just found the highest tree in the forest"
«Σίγουρα θα ήμουν ελεύθερος από τα φίδια εδώ;»
"surely I'd be free from serpents here?"
«Και βγαίνει ένα φίδι από τον ουρανό!»
"and out comes a serpent from the sky!"
«Μα δεν είμαι φίδι, σου λέω!» είπε η Αλίκη
"But I'm not a serpent, I tell you!" said Alice
«Είμαι... Είμαι... Είμαι ένα μικρό κορίτσι», πρόσθεσε μάλλον αμφίβολα
"I'm a... I'm a... I'm a little girl," she added rather doubtfully
Εξάλλου, είχε περάσει από πολλές αλλαγές
she had after all been going through a lot of changes
«Ψάχνεις για αυγά», είπε το περιστέρι
"You're looking for eggs," said the pigeon
"Το ξέρω αυτό για ένα γεγονός"
"I know that for a fact"
«Και τι σημασία έχει αν είσαι κοριτσάκι ή φίδι;»
"and what does it matter if you're a little girl or a serpent?"
«Έχει μεγάλη σημασία για μένα», είπε βιαστικά η Αλίκη
"It matters a good deal to me," said Alice hastily
"αλλά δεν ψάχνω για αυγά, όπως συμβαίνει"
"but I'm not looking for eggs, as it happens"
"και δεν θα ήθελα τα αυγά σου ούτως ή άλλως"
"and I wouldn't want your eggs anyway"
«Δεν μου αρέσουν τα αυγά μου ωμά»
"I don't like my eggs raw"
«Λοιπόν, φύγε τότε!» είπε το περιστέρι με μελαγχολικό τόνο
"Well, be off then!" said the pigeon in a sulky tone
και το περιστέρι εγκαταστάθηκε ξανά στη φωλιά του

and the pigeon settled down again into its nest
Η Αλίκη έσκυψε ανάμεσα στα δέντρα όσο καλύτερα μπορούσε
Alice crouched down among the trees as well as she could
Ο λαιμός της συνέχιζε να μπλέκεται ανάμεσα στα κλαδιά
her neck kept getting entangled among the branches
Κάθε τόσο έπρεπε να σταματήσει και να ξετυλίξει το λαιμό της
every now and then she had to stop and untwist her neck
Μετά από λίγο θυμήθηκε το μανιτάρι
After awhile she remembered the mushroom
Κρατούσε ακόμα τα κομμάτια του μανιταριού στα χέρια της
she still held the pieces of mushroom in her hands
και άρχισε να εργάζεται πολύ προσεκτικά
and she set to work very carefully
Πρώτα τσίμπησε σε ένα κομμάτι
first she nibbled at one piece
Και μετά τσίμπησε το άλλο κομμάτι
and then she nibbled at the other piece
Μερικές φορές μεγάλωνε
sometimes she grew taller
Και μερικές φορές έγινε μικρότερη
and sometimes she grew shorter
Αλλά τελικά πέτυχε το συνηθισμένο ύψος της
but finally she achieved her usual height
Δεν είχε το δικό της ύψος για αρκετό καιρό
she hadn't been her own height for some time
Έτσι όλα έμοιαζαν περίεργα για λίγο
so everything felt strange for a while
"Το επόμενο πράγμα που πρέπει να κάνετε είναι να μπείτε σε αυτόν τον όμορφο κήπο"
"The next thing to do is to get into that beautiful garden"
«Πώς θα γίνει αυτό, αναρωτιέμαι;»
"how is that to be done, I wonder?"
Καθώς το είπε αυτό, ήρθε σε ένα ανοιχτό μέρος

As she said this, she came upon an open place
Υπήρχε ένα μικρό σπίτι, λίγο ψηλότερα από ένα μέτρο
there was a little house, a bit higher than a metre
"Αναρωτιέμαι ποιος ζει σε αυτό το μικρό σπίτι"
"I wonder who lives in this little house"
«Σίγουρα δεν μπορώ να μπω τόσο μεγάλος όσο είμαι»
"I certainly can't go in as big as I am"
«Θα τους τρόμαζα τρομερά!»
"I would frighten them terribly!"
Έτσι τσίμπησε ξανά το μικρό μανιτάρι
so she nibbled at the little mushroom again
Και σύντομα κατέβηκε τριάντα εκατοστά
and soon she brought herself down thirty centimetres

Ένα γουρούνι και λίγο πιπέρι
A pig and some pepper

Για ένα ή δύο λεπτά στάθηκε κοιτάζοντας το σπίτι
For a minute or two she stood looking at the house
Ξαφνικά ένας πεζός βγήκε τρέχοντας από το δάσος
suddenly a footman came running out of the woods
Φορούσε ειδική στολή εμφάνισης
he was wearing a special livery uniform
Κρίνοντας μόνο από το πρόσωπό του, θα τον αποκαλούσε ψάρι
judging by his face only, she would have called him a fish
Και χτύπησε δυνατά την πόρτα με τις αρθρώσεις του
and he rapped loudly at the door with his knuckles
Την πόρτα άνοιξε ένας άλλος πεζός
the door was opened by another footman
Και αυτός ο ποδοσφαιριστής φορούσε ειδική στολή
this footman too was wearing a special livery
Αυτός ο ποδοσφαιριστής είχε στρογγυλό πρόσωπο και μεγάλα μάτια σαν βάτραχος
this footman had a round face and large eyes like a frog

Ο ποδοσφαιριστής που έμοιαζε με ψάρι ξεκίνησε την τελετή
The footman that looked like a fish initiated the ceremony
Έβγαλε κάτι κάτω από το χέρι του
he pulled out something from under his arm
Και έβγαλε από κάτω από το μπράτσο του ένα φάκελο
and he pulled out from under his arm an envelope
Και αυτόν τον φάκελο τον παρέδωσε στον άλλο πεζό.
and this envelope he handed over to the other footman
Με τελετουργικό τόνο του είπε τις διαταγές
in a ceremonious tone he told him the orders
«Αυτό το μήνυμα είναι για τη Δούκισσα»
"This message is for the Duchess"
"Μια πρόσκληση από τη βασίλισσα να παίξει κροκέ"
"An invitation from the queen to play croquet"
Ο πεζός που έμοιαζε με βάτραχο επανέλαβε τη διαταγή
The footman that looked like a frog repeated the order
"Από τη βασίλισσα"
"from the queen"
"Μια πρόσκληση"
"an invitation"
"για τη Δούκισσα"
"for the Duchess"
"παίζοντας κροκέ"
"playing croquet"
Τότε και οι δύο υποκλίθηκαν χαμηλά
Then they both bowed low
και οι μπούκλες στις περούκες τους μπλέχτηκαν μεταξύ τους
and the curls in their wigs got entangled together
Σύντομα ο πεζός που έμοιαζε με ψάρι είχε φύγει
soon the footman that looked like a fish was gone
Αλλά ο ποδοσφαιριστής που έμοιαζε με βάτραχο ήταν ακόμα εκεί
but the footman that looked like a frog was still there
Καθόταν στο έδαφος κοντά στην πόρτα

he was sitting on the ground near the door
Κοιτούσε ψηλά στον ουρανό
he was staring stupidly up into the sky
Η Αλίκη ανέβηκε δειλά δειλά στην πόρτα και χτύπησε
Alice went timidly up to the door and knocked
«Δεν υπάρχει λόγος να χτυπάς», είπε ο πεζός
"There's no use in knocking," said the footman
«Και αυτό για δύο λόγους»
"and that is for two reasons"
"Πρώτον, επειδή είμαι στην ίδια πλευρά της πόρτας με εσάς"
"First, because I'm on the same side of the door as you are"
"Δεύτερον, επειδή κάνουν τόσο πολύ θόρυβο μέσα"
"secondly, because they're making so much noise inside"
«Κανείς δεν μπορούσε να σε ακούσει»
"no one could possibly hear you"
Και σίγουρα υπήρχε ένας πολύ ασυνήθιστος θόρυβος μέσα
And there certainly was a most extraordinary noise going on within
ένα συνεχές ουρλιαχτό και φτάρνισμα
a constant howling and sneezing
και κάθε τόσο ένας ήχος μεγάλης συντριβής
and every now and then a sound of great crashing
σαν ένα πιάτο ή βραστήρας να είχε σπάσει σε κομμάτια
as if a dish or kettle had been broken to pieces
«Πώς θα μπω μέσα;» ρώτησε η Αλίκη
"How am I to get in?" asked Alice
«Πρέπει να μπεις μέσα;» είπε ο πεζός
"Should you get in at all?" said the footman
«Αυτή είναι η πρώτη ερώτηση, ξέρεις»
"That's the first question, you know"
Η Αλίκη άνοιξε την πόρτα και μπήκε μέσα
Alice opened the door and went in
Η πόρτα οδηγούσε κατευθείαν σε μια μεγάλη κουζίνα
The door led right into a large kitchen
Η κουζίνα ήταν γεμάτη καπνό από τη μια άκρη στην

άλλη

the kitchen was full of smoke from one end to the other

στη μέση της κουζίνας ήταν η Δούκισσα

in the middle of the kitchen was the Duchess

Καθόταν σε ένα τρίποδο σκαμνί

she was sitting on a three-legged stool

και θήλαζε ένα μωρό

and she was nursing a baby

Ο μάγειρας έσκυψε πάνω από τη φωτιά

the cook was leaning over the fire

Ανακάτευε ένα μεγάλο καζάνι

he was stirring a large caldron

Και το καζάνι φαινόταν να είναι γεμάτο σούπα

and the caldron seemed to be full of soup

"Υπάρχει σίγουρα πάρα πολύ πιπέρι σε αυτή τη σούπα!" είπε η Αλίκη στον εαυτό της

"There's certainly too much pepper in that soup!" Alice said to herself

Το είπε όσο καλύτερα μπορούσε χωρίς φτέρνισμα

she said it as best she could without sneezing

Ακόμη και η Δούκισσα φτερνίστηκε περιστασιακά

Even the Duchess sneezed occasionally

Αλλά οι ενέργειες του μωρού ήταν οι πιο αξιοσημείωτες

but the baby's actions were the most noteworthy

Το μωρό φτερνιζόταν και ούρλιαζε εναλλάξ

the baby was sneezing and howling alternately

Δεν υπήρξε ούτε μια στιγμή παύσης μεταξύ ουρλιαχτού και φτερνίσματος

there was not a moment's pause between howling and sneezing

Υπήρχαν δύο πλάσματα στην κουζίνα που δεν φτερνίζονταν

There were two creatures in the kitchen that did not sneeze

Ο μάγειρας ήταν πολύ απασχολημένος για να φτερνιστεί

the cook was too busy to sneeze

Και η μεγάλη γάτα δεν φαινόταν να πειράζει το πιπέρι

and the large cat did not seem to mind the pepper
Αντ 'αυτού, η μεγάλη γάτα χαμογελούσε από αυτί σε αυτί
instead, the large cat was grinning from ear to ear
«Σε παρακαλώ, πες μου», είπε δειλά δειλά η Αλίκη
"Please would you tell me," said Alice, a little timidly
"Γιατί η γάτα σας χαμογελάει έτσι;"
"why is your cat grinning like that?"
«Είναι μια γάτα Cheshire», είπε η δούκισσα
"It's a Cheshire-Cat," said the Duchess
«Και γι' αυτό χαμογελάει από αυτί σε αυτί»
"and that's why he's grinning from ear to ear"
"Δεν ήξερα ότι μια γάτα Cheshire-Cat πάντα χαμογελούσε"
"I didn't know that a Cheshire-Cat always grinned"
«Στην πραγματικότητα, δεν ήξερα ότι οι γάτες θα μπορούσαν να χαμογελάσουν», είπε η Alice
"in fact, I didn't know that cats could grin," said Alice
«Υπάρχουν πολλά που δεν ξέρεις», είπε η δούκισσα
"there is much you don't know," said the Duchess
"Υπάρχουν πολλά που δεν γνωρίζετε και αυτό είναι γεγονός"
"there is much you don't know and that's a fact"
Ακριβώς τότε ο μάγειρας έβγαλε το καζάνι της σούπας από τη φωτιά
Just then the cook took the caldron of soup off the fire
Και αμέσως άρχισε να πετάει ό,τι μπορούσε
and at once she started throwing everything within her reach
έριξε ό,τι μπορούσε στη Δούκισσα και το μωρό
she threw everything she could at the Duchess and the babe
Πρώτα έριξε τα σίδερα της φωτιάς
first she threw the fire-irons
Στη συνέχεια έριξε μια χούφτα κατσαρόλες
then she threw a handful of saucepans
Και τελικά πέταξε τα πιάτα και τα πιάτα
and finally she threw the plates and dishes
Η Δούκισσα δεν την πρόσεξε

The Duchess took no notice of her
Ακόμα και όταν χτυπήθηκε από ένα πιάτο, δεν ανησυχούσε
even when she was hit by a plate she did not worry
Το μωρό ούρλιαζε ήδη τόσο πολύ
the baby was already howling so much
Έτσι ήταν αδύνατο να πούμε αν τα χτυπήματα έβλαψαν το μωρό ή όχι
so it was impossible to say whether the blows hurt the baby or not
«Ω, σε παρακαλώ πρόσεχε τι κάνεις!» φώναξε η Αλίκη
"Oh, please mind what you're doing!" cried Alice
Και πήδηξε πάνω-κάτω σε μια αγωνία τρόμου
and she jumped up and down in an agony of terror
η Δούκισσα πρόσφερε στην Αλίκη το μωρό
the Duchess offered Alice the baby
«Εδώ! Μπορείτε να θηλάσετε λίγο το μωρό, αν θέλετε!»
"Here! You may nurse the baby a bit, if you like!"
Και πέταξε το μωρό πάνω της καθώς μιλούσε
and she flung the baby at her as she spoke
«Πρέπει να πάω και να ετοιμαστώ να παίξω κροκέ με τη βασίλισσα»
"I must go and get ready to play croquet with the queen"
Και βγήκε βιαστικά από το δωμάτιο
and she hurried out of the room
Η Αλίκη έπιασε το μωρό με κάποια δυσκολία
Alice caught the baby with some difficulty
επειδή ήταν ένα πολύ περίεργο σχήμα μικρό πλάσμα
because it was a very odd-shaped little creature
Και το μωρό άπλωσε τα χέρια και τα πόδια του προς όλες τις κατευθύνσεις
and the baby held out its arms and legs in all directions
«Καλύτερα να πάρω αυτό το παιδί μαζί μου», σκέφτηκε η Αλίκη
"I better take this child away with me," thought Alice
«Είναι σίγουρο ότι θα σκοτώσουν αυτό το μωρό σε μια ή δύο μέρες»

"they're sure to kill this baby in a day or two"
«Δεν θα ήταν δολοφονία να αφήσουμε αυτό το μωρό πίσω;»
"Wouldn't it be murder to leave this baby behind?"
Είπε τις τελευταίες λέξεις δυνατά
She said the last words out loud
Και το μικρό πράγμα γρύλισε σε απάντηση
and the little thing grunted in reply
«Καλύτερα να μην γίνεις γουρούνι, αγαπητή μου», είπε η Αλίκη
"you best not turn into a pig, my dear," said Alice
"αλλιώς δεν θα έχω τίποτα άλλο να κάνω μαζί σου"
"or else I'll have nothing more to do with you"
Η Αλίκη μόλις είχε αρχίσει να σκέφτεται:
Alice was just beginning to think to herself:
"Τώρα, τι θα κάνω με αυτό το πλάσμα, όταν το πάρω σπίτι;"
"Now, what am I to do with this creature, when I get it home?"
Αλλά τότε το μικρό πλάσμα γρύλισε λίγο βίαια
but then the little creature grunted a little violently
και η Αλίκη κοίταξε κάτω στο πρόσωπό του με κάποιο συναγερμό
and Alice looked down into its face in some alarm
Αυτή τη φορά δεν θα μπορούσε να υπάρξει λάθος γι 'αυτό
This time there could be no mistake about it
Δεν ήταν ούτε περισσότερο ούτε λιγότερο από ένα γουρούνι
it was neither more nor less than a pig
Έτσι έβαλε το μικρό πλάσμα κάτω
so she set the little creature down
Και το μικρό πλάσμα έτρεξε μακριά ήσυχα στο δάσος
and the little creature trot away quietly into the wood
Η Αλίκη ένιωσε αρκετά ανακουφισμένη όταν είδε το πλάσμα να φεύγει
Alice felt quite relieved to see the creature go
Η Αλίκη ξαφνιάστηκε λίγο βλέποντας τη γάτα Cheshire.

Alice was a little startled by seeing the Cheshire-Cat
Καθόταν σε ένα κλαδί ενός δέντρου λίγα μέτρα μακριά
it was sitting on a bough of a tree a few yards off
Η γάτα χαμογέλασε μόνο όταν την είδε
The cat only grinned when it saw her
«Cheshire-cat», άρχισε η Αλίκη, μάλλον δειλά
"Cheshire-cat," began Alice, rather timidly
«Θα μπορούσες, σε παρακαλώ, να μου πεις ποιο δρόμο πρέπει να ακολουθήσω από εδώ;»
"would you please tell me which way I ought to go from here?"
«Προς αυτή την κατεύθυνση», είπε η γάτα
"In that direction," the cat said
και κούνησε το δεξί πόδι γύρω
and it waved the right paw around
«Προς αυτή την κατεύθυνση ζει ένας κατασκευαστής καπέλων»
"In that direction lives a maker of hats"
Και τότε η γάτα κούνησε το άλλο της πόδι
and then the cat waved its other paw
«Και προς αυτή την κατεύθυνση ζει ένας λαγός πορείας»
"and in that direction lives a march hare"
"Επισκεφθείτε ό, τι θέλετε. Είναι και οι δύο τρελοί»
"Visit either you like; they're both mad"
«Αλλά δεν θέλω να πάω ανάμεσα σε τρελούς ανθρώπους», παρατήρησε η Αλίκη
"But I don't want to go among mad people," Alice remarked
«Ω, δεν μπορείς να το βοηθήσεις αυτό», είπε η γάτα
"Oh, you can't help that," said the Cat
«Είμαστε όλοι τρελοί εδώ»
"we're all mad here"
«Παίζεις κροκέ με τη βασίλισσα σήμερα;»
"are you playing croquet with the queen today?"
«Θα ήθελα πάρα πολύ», είπε η Αλίκη
"I would like to very much," said Alice
"αλλά δεν έχω προσκληθεί ακόμα"

"but I haven't been invited yet"

«Θα με δεις εκεί», είπε η γάτα

"You'll see me there," said the Cat

Και από τη μια στιγμή στην άλλη η γάτα εξαφανίστηκε

and from one moment to the next the cat vanished

σύντομα η Αλίκη είδε το σπίτι του λαγού του μαρτίου

soon Alice got in sight of the house of the march hare

Αυτό ήταν ένα πολύ μεγάλο σπίτι

this was a very large house

έτσι η Αλίκη δεν ήθελε να πάει κοντά στο σπίτι

so Alice did not want to go near the house

Πρώτα έπρεπε να τσιμπήσει λίγο περισσότερο από την αριστερή πλευρά του μανιταριού

first she had to nibble some more of the left side bit of mushroom

Ένα τρελό πάρτι τσαγιού
a mad tea-party

Μπροστά από το σπίτι υπήρχε ένα δέντρο
In front of the house there was a tree

και κάτω από το δέντρο υπήρχε ένα τραπέζι
and under the tree there was a table

και το τραπέζι ήταν στρωμένο με κάθε είδους μαχαιροπίρουνα
and the table was set with all sorts of cutlery

Ο λαγός του Μαρτίου και ο κατασκευαστής καπέλων ήταν στο τραπέζι
the march hare and the hat maker were at the table

και μαζί έπιναν τσάι
and together they were having tea

Ανάμεσά τους καθόταν ένας μπακαλιάρος
a dormouse was sitting between them

Και η ράχη κοιμόταν γρήγορα
and the dormouse was fast asleep

Το τραπέζι ήταν εξαιρετικού μεγέθους
The table was of extraordinary size

Αλλά το μεγαλύτερο μέρος του τραπεζιού ήταν άδειο
but most of the table was unoccupied

Κάθισαν συνωστισμένοι μαζί σε μια γωνία του τραπεζιού
they sat crowded together at one corner of the table

και όμως βρήκαν δικαιολογίες όταν είδαν την Αλίκη
and yet they made excuses when they saw Alice

"Δεν υπάρχει χώρος! Δεν υπάρχει χώρος!» φώναξαν
"No room! No room!" they cried out

«Υπάρχει αρκετός χώρος!» είπε αγανακτισμένη η Αλίκη
"There's plenty of room!" said Alice indignantly

Στη μία άκρη του τραπεζιού υπήρχε μια μεγάλη πολυθρόνα
at one end of the table there was a large arm-chair

και η Αλίκη κάθισε στην πολυθρόνα
and Alice sat herself in the armchair

Ο κατασκευαστής καπέλων άνοιξε τα μάτια του πολύ

διάπλατα
the hat maker opened his eyes very wide
Δεν μπορούσε να πιστέψει αυτό που έβλεπε
he couldn't believe what he was seeing
Αλλά το μυαλό του ήταν περίεργο για άλλα πράγματα
but his mind was curious about other things
"Γιατί ένα κοράκι είναι σαν ένα γραφείο;"
"Why is a raven like a writing-desk?"
Η Αλίκη ήταν ανοιχτή στην πρόκληση
Alice was open to the challenge
«Χαίρομαι που έχουν αρχίσει να ρωτούν γρίφους»
"I'm glad they've begun asking riddles"
«Πιστεύω ότι μπορώ να το μαντέψω αυτό», πρόσθεσε δυνατά
"I believe I can guess that," she added aloud
Ο λαγός της πορείας έγινε περίεργος για την Αλίκη
The march hare grew curious about Alice
"Πιστεύετε πραγματικά ότι μπορείτε να βρείτε την απάντηση;"
"Do you really think you can find the answer?"
«Νομίζω ότι μπορώ να βρω την απάντηση πράγματι», είπε η Αλίκη
"I think I can find the answer indeed," said Alice
«Τότε πρέπει να πεις τι εννοείς», συνέχισε ο λαγός της πορείας
"Then you should say what you mean," the march hare went on
«Λέω αυτό που εννοώ», απάντησε βιαστικά η Αλίκη
"I do say what I mean," Alice hastily replied
«τουλάχιστον εννοώ αυτό που λέω»
"at the very least I mean what I say"
«Αυτό είναι το ίδιο πράγμα, ξέρεις»
"that's the same thing, you know"
Ο Dormouse συνέβαλε επίσης στη συζήτηση
the dormouse also contributed to the conversation
Αλλά η ραχιαία φαινόταν να μιλάει στον ύπνο της
but the dormouse seemed to be talking in its sleep

«Αναπνέω όταν κοιμάμαι»
"I breathe when I sleep"
«Κοιμάμαι όταν αναπνέω!»
"I sleep when I breathe!"
"Θα μπορούσατε κάλλιστα να πείτε ότι είναι το ίδιο επίσης"
"you might as well say they are the same too"
«Είναι το ίδιο πράγμα με σένα», είπε ο κατασκευαστής καπέλων
"It is the same thing with you," said the hat maker
Και έριξε λίγο τσάι στη μύτη της ράχης
and he poured a little tea on the dormouse's nose
Ο Dormouse κούνησε το κεφάλι του ανυπόμονα
The Dormouse shook its head impatiently
Και πάλι η ραχιαία μίλησε, χωρίς να ανοίξει τα μάτια της
and again the dormouse spoke, without opening its eyes
«Φυσικά, φυσικά και είναι το ίδιο»
"Of course, of course it is the same"
«αυτό ακριβώς θα έλεγα ο ίδιος»
"that's just what I was going to say myself"

Ο κατασκευαστής καπέλων γύρισε στην Αλίκη και έκανε μια άλλη ερώτηση

The hat maker turned to Alice and asked another question

"Έχετε μαντέψει ακόμα το αίνιγμα;"

"Have you guessed the riddle yet?"

«Όχι, παραιτούμαι», παραδέχτηκε η Αλίκη

"No, I give up," Alice conceded

«Ποια είναι η απάντηση;» ήθελε να μάθει

"What's the answer?" she wanted to know

«Δεν έχω την παραμικρή ιδέα», είπε ο κατασκευαστής καπέλων

"I haven't the slightest idea," said the hat maker

«Ούτε ξέρω», είπε ο λαγός της πορείας

"Nor do I know," said the march hare

Η Αλίκη έβγαλε έναν κουρασμένο αναστεναγμό

Alice gave a weary sigh

«Υπάρχουν καλύτερες χρήσεις του χρόνου από τους γρίφους χωρίς απαντήσεις»

"there are better uses of time than riddles without answers"

«Πιες λίγο ακόμα τσάι», είπε ο λαγός στην Αλίκη, πολύ σοβαρά

"have some more tea," the march hare said to Alice, very earnestly

Η Αλίκη ήταν αρκετά προσβεβλημένη από την προσφορά

Alice was quite offended by the offer

«Δεν έχω πιει ακόμα τσάι», απάντησε η Αλίκη

"I've had not had tea yet," Alice replied

"επομένως δεν μπορώ να πιω άλλο τσάι"

"therefore I can't have any more tea"

«Εννοείς ότι δεν μπορείς να έχεις λιγότερο τσάι», είπε ο κατασκευαστής καπέλων

"You mean you can't have less tea," said the hat maker

"Είναι πολύ εύκολο να πάρεις περισσότερα από το τίποτα"

"it's very easy to take more than nothing"

Σε αυτό, η Αλίκη σηκώθηκε και έφυγε

At this, Alice got up and walked off
Η ραχιαία αποκοιμήθηκε αμέσως
The dormouse fell asleep instantly
Και κανένας από τους άλλους δεν έδωσε την παραμικρή σημασία στο να φύγει
and neither of the others took the least notice of her going
αν και κοίταξε πίσω μία ή δύο φορές
though she looked back once or twice
Προσπαθούσαν να βάλουν τη ράχη στην τσαγιέρα
they were trying to put the dormouse into the tea-pot
«Εν πάση περιπτώσει, δεν θα πάω ποτέ ξανά εκεί!» *είπε η Αλίκη*
"At any rate, I'll never go there again!" said Alice
Και περπάτησε μέσα στο δάσος
and she walked her way through the woods
«Αυτό ήταν το πιο ηλίθιο πάρτι τσαγιού που έχω πάει ποτέ»
"that was the stupidest tea-party I've ever been to"
Μόλις το είπε αυτό, παρατήρησε κάτι
Just as she said this, she noticed something
Ένα από τα δέντρα είχε μια πόρτα που οδηγούσε ακριβώς μέσα σε αυτό
one of the trees had a door leading right into it
«Αυτό είναι πολύ ενδιαφέρον!» *σκέφτηκε*
"That's very interesting!" she thought
«Νομίζω ότι θα μπορούσα κάλλιστα να περάσω την πόρτα»
"I think I may as well go through the door"
Και μέσα από την πόρτα πήγε
And through the door she went
Για άλλη μια φορά βρέθηκε στη μεγάλη αίθουσα
Once more she found herself in the long hall
Και πάλι ήταν κοντά στο μικρό γυάλινο τραπέζι
again she was close to the little glass table
Πήρε το μικρό χρυσό κλειδί
she took the little golden key
Και ξεκλείδωσε την πόρτα που οδηγούσε στον κήπο

and she unlocked the door that led into the garden

Στη συνέχεια, άρχισε να εργάζεται τσιμπολογώντας το μανιτάρι

Then she set to work nibbling at the mushroom

Είχε κρατήσει ένα κομμάτι από το μανιτάρι στην τσέπη της

she had kept a piece of the mushroom in her pocket

Και τελικά ήταν περίπου ένα μέτρο ψηλό

and finally she was about a metre tall

Στη συνέχεια περπάτησε στο μικρό διάδρομο

then she walked down the little corridor

Και τελικά βρέθηκε στον όμορφο κήπο

and then she finally found herself in the beautiful garden

Και ήταν ανάμεσα στο φωτεινό λουλούδι και τις δροσερές βρύσες

and she was among the bright flower and the cool fountains

Το κροκέ έδαφος της βασίλισσας

The queen's croquet ground

Μια μεγάλη τριανταφυλλιά βρισκόταν κοντά στην είσοδο του κήπου

A large rose-tree stood near the entrance of the garden

Τα τριαντάφυλλα που φύτρωναν στο δέντρο ήταν λευκά

the roses growing on the tree were white

Αλλά υπήρχαν τρεις κηπουροί που ζωγράφιζαν το τριαντάφυλλο

but there were three gardeners painting the rose

Έβαφαν με ζήλο τα τριαντάφυλλα κόκκινα

they were busily painting the roses red

και η Αλίκη τους έβλεπε να βάφουν τα τριαντάφυλλα κόκκινα

and Alice was watching them paint the roses red

και ξαφνικά τα μάτια τους έτυχε να πέσουν πάνω στην Αλίκη

and suddenly their eyes chanced to fall upon Alice

Η Αλίκη μίλησε λίγο δειλά

Alice spoke a little timidly

"Θα μου πείτε, παρακαλώ;"

"Would you tell me, please;"

«Γιατί ζωγραφίζετε όλοι αυτά τα τριαντάφυλλα;»

"why are you all painting those roses?"

Πέντε και επτά δεν είπαν τίποτα, αλλά κοίταξαν δύο

five and seven said nothing, but looked at two

Δύο μίλησαν, με χαμηλή φωνή

two spoke, in a low voice

"Γιατί, το γεγονός είναι, βλέπετε, κυρία"

"Why, the fact is, you see, madam"

"Αυτό εδώ θα έπρεπε να ήταν μια κόκκινη τριανταφυλλιά"

"this here ought to have been a red rose-tree"

"Και βάλαμε μια λευκή τριανταφυλλιά κατά λάθος"

"and we put a white rose-tree in by mistake"

«Όπως θα συμφωνούσατε, η βασίλισσα δεν πρέπει να το

μάθει»
"as you would agree, the queen must not find out"
«Αλλιώς θα μας έκοβαν όλοι τα κεφάλια»
"else we would all have our heads cut off"
«Βλέπετε, κυρία, κάνουμε ό,τι καλύτερο μπορούμε»
"So you see, madam, we're doing our best"
Η κάρτα πέντε κοιτούσε με αγωνία στον κήπο
card five had been anxiously looking across the garden
Εκείνη τη στιγμή η κάρτα πέντε φώναξε: «Η βασίλισσα!
Η βασίλισσα!»
At this moment card five called out, "The queen! The queen!"
Και οι τρεις κηπουροί έτρεξαν αμέσως μακριά
and the three gardeners instantly scurried away
Και ρίχτηκαν στα πρόσωπά τους
and they threw themselves flat upon their faces
Ακούστηκε ένας ήχος πολλών βημάτων
There was a sound of many footsteps
Η Αλίκη κοίταξε γύρω της, ανυπομονώντας να δει τη
βασίλισσα
Alice looked around, eager to see the queen
Στην αρχή της πομπής ήταν δέκα στρατιώτες
At the start of the procession were ten soldiers
Τα χέρια και τα πόδια τους ήταν στις γωνίες
their hands and feet were in the corners
και στα χέρια και στα πόδια τους ήταν ρόπαλα
and in their hands and feet were clubs
Ακολούθησαν οι δέκα αυλικοί
next came the ten courtiers
Οι αυλικοί ήταν στολισμένοι παντού με διαμάντια
the courtiers were ornamented all over with diamonds
Μετά τους αυλικούς ήρθαν τα βασιλικά παιδιά
After the courtiers came the royal children
Υπήρχαν δέκα από τα βασιλικά παιδιά
there were ten of the royal children
Και όλα τα βασιλικά παιδιά ήταν στολισμένα με
καρδιές
and all the royal children were ornamented with hearts

Στη συνέχεια ήρθαν οι καλεσμένοι. κυρίως βασιλιάδες και βασίλισσες
Next came the guests; mostly kings and queens
και ανάμεσα στους βασιλιάδες και τη βασίλισσα Αλίκη είδε κάποιον
and among the kings and queen Alice saw someone
Είδε ξανά το λευκό κουνέλι που είχε κυνηγήσει
she saw again the white rabbit she had chased
Την πομπή ακολούθησε το μαχαίρι της καρδιάς
The procession was followed the knave of hearts
Κουβαλούσε το στέμμα του βασιλιά
he was carrying the king's crown
Και το στέμμα του βασιλιά ήταν σε ένα πορφυρό βελούδινο μαξιλάρι
and the king's crown was on a crimson velvet cushion
Και τότε ήρθε το τέλος αυτής της μεγάλης πομπής
and then came the end of this grand procession
Και εκεί στο τέλος ήταν ο βασιλιάς και η βασίλισσα των καρδιών
and there at the end were the king and queen of hearts
η πομπή ήρθε απέναντι από την Αλίκη
the procession came opposite to Alice
Και όλοι σταμάτησαν και την κοίταξαν
and they all stopped and looked at her
Και η βασίλισσα είπε αυστηρά: «Ποιος είναι αυτός;»
and the queen said severely, "Who is this?"
Το είπε στο **Knave of Hearts**
She said it to the Knave of Hearts
Αλλά απλώς έσκυψε και χαμογέλασε ως απάντηση
but he just bowed and smiled in reply
Η Αλίκη μίλησε πολύ ευγενικά
Alice spoke very politely
«Το όνομά μου είναι Αλίκη, γι' αυτό παρακαλώ μεγαλειότατε»
"My name is Alice, so please your majesty"
Αλλά είχε άλλες σκέψεις για τον εαυτό της
but she had other thoughts to herself

«Είναι μόνο ένα πακέτο χαρτιά, τελικά!»
"they're only a pack of cards, after all!"
«Μπορείς να παίξεις κροκέ;» φώναξε η βασίλισσα
"Can you play croquet?" shouted the queen
Η ερώτηση προφανώς προοριζόταν για την Αλίκη
The question was evidently meant for Alice
«Ναι!» είπε δυνατά η Αλίκη
"Yes!" said Alice loudly
«Έλα να παίξεις τότε!» φώναξε η βασίλισσα
"Come play then!" roared the queen
μια δειλή φωνή μίλησε στην Αλίκη
a timid voice spoke to Alice
"Είναι μια πολύ ωραία μέρα!"
"it's a very fine day!"
Περπατούσε δίπλα στο λευκό κουνέλι
She was walking by the white rabbit
και το Λευκό Κουνέλι κρυφοκοίταζε ανήσυχο στο
πρόσωπό της
and the White Rabbit was peeping anxiously into her face
«μια πολύ ωραία μέρα πράγματι», επιβεβαίωσε η Αλίκη
"a very fine day indeed," confirmed Alice
«Πού είναι η δούκισσα;»
"Where's the duchess?"
«Σώπα! Σώπα!» είπε το κουνέλι
"Hush! Hush!" said the Rabbit
«Είναι καταδικασμένη σε εκτέλεση»
"She's under sentence of execution"
«Για ποιο λόγο εκτελείται;» ρώτησε η Αλίκη
"What is she being executed for?" asked Alice
«Έσκισε τα αυτιά της βασίλισσας», άρχισε το κουνέλι
"She scuffed the queen's ears," the rabbit began
Η βασίλισσα φώναξε με φωνή βροντής
the queen shouted in a voice of thunder
"Πηγαίνετε στα μέρη σας!"
"Get to your places!"
Και οι άνθρωποι άρχισαν να τρέχουν προς όλες τις
κατευθύνσεις

and people began running about in all directions
Και όλοι έπεσαν ο ένας πάνω στον άλλο
and they all tumbled up against each other
Ωστόσο, τακτοποιήθηκαν σε ένα ή δύο λεπτά
However, they got settled down in a minute or two
Και τότε άρχισε το παιχνίδι
and then the game began
Η Αλίκη δεν είχε δει ποτέ ένα τόσο περίεργο έδαφος κροκέ
Alice had never seen such a curious croquet ground
Το γρασίδι ήταν όλο κορυφογραμμές και αυλάκια
the grass was all ridges and furrows
Οι μπάλες κροκέ ήταν πραγματικοί σκαντζόχοιροι
The croquet balls were real hedgehogs
Και τα σφυρί ήταν πραγματικά φλαμίνγκο
and the mallets were real flamingos
Και οι στρατιώτες στάθηκαν στα χέρια και τα πόδια τους
and the soldiers stood on their hands and feet
επειδή οι καμάρες ήταν φτιαγμένες από τα σώματά τους
because the arches was made from their bodies
Όλοι οι παίκτες έπαιξαν ταυτόχρονα
The players all played at once
Κανείς δεν περίμενε τη σειρά του
nobody waited for their turns
Και όλοι τσακώνονταν με όλους
and everyone quarrelled with everyone
και όλοι πολεμούσαν για τους σκαντζόχοιρους
and all were fighting for the hedgehogs
Σύντομα η βασίλισσα ήταν σε ένα μανιασμένο πάθος
soon the queen was in a furious passion
Και άρχισε να χτυπάει και να φωνάζει
and she started stamping about and shouting
«Κόψε το κεφάλι του!»
"Chop off his head!"
«Κόψε το κεφάλι της!»

"Chop off her head!"
«Κόψτε όλα τα κεφάλια τους!»
"Chop all their heads off!"
Και πάλι η Αλίκη σκέφτηκε τον εαυτό της
Again Alice thought to herself
«Τους αρέσει τρομερά να αποκεφαλίζουν ανθρώπους εδώ»
"They're dreadfully fond of beheading people here"
«Το μεγάλο θαύμα είναι ότι υπάρχει κάποιος που έχει μείνει ζωντανός!»
"the great wonder is that there's anyone left alive!"
Έψαχνε για κάποιο τρόπο διαφυγής
She was looking about for some way of escape
Παρατήρησε μια περίεργη εμφάνιση στον αέρα
she noticed a curious appearance in the air
«Είναι η γάτα Cheshire», είπε στον εαυτό της
"It's the Cheshire-cat," she said to herself
«Τώρα θα έχω κάποιον να μιλήσω»
"now I shall have somebody to talk to"
«Πώς τα πας;» είπε η γάτα
"How are you getting on?" said the cat
«Δεν νομίζω ότι παίζουν καθόλου δίκαια», είπε η Alice
"I don't think they play at all fairly," Alice said
Και είχε έναν μάλλον παραπονεμένο τόνο
and she had a rather complaining tone
«Όλοι τσακώνονται τόσο φοβερά»
"they all quarrel so dreadfully"
«Δεν μπορεί κανείς να ακούσει τον εαυτό του να μιλάει»
"one can't hear oneself speak"
«Και δεν φαίνεται να παίζουν με κανέναν κανόνα»
"and they don't seem to play by any rules"
η γάτα έκανε μια ερώτηση στην Αλίκη με χαμηλή φωνή
the cat asked Alice a question in a low voice
«Πώς σου αρέσει η βασίλισσα;»
"How do you like the queen?"
«Δεν μου αρέσει καθόλου», είπε η Αλίκη
"I don't like her at all," said Alice

Η Αλίκη σκέφτηκε ότι θα μπορούσε κάλλιστα να γυρίσει πίσω
Alice thought she might as well go back
Ήθελε να δει πώς πήγαινε το παιχνίδι
she wanted to see how the game was going
Έφυγε αναζητώντας τον σκαντζόχοιρό της
she went off in search of her hedgehog
Ο σκαντζόχοιρος ήταν απασχολημένος με την καταπολέμηση ενός άλλου σκαντζόχοιρου
The hedgehog was busy fighting another hedgehog
Αυτή ήταν μια εξαιρετική ευκαιρία
this was an excellent opportunity
Θα μπορούσε να κροκέ έναν σκαντζόχοιρο με τον άλλο

she could croquet one hedgehog with the other
Αλλά το φλαμίνγκο της ήταν στην άλλη πλευρά του κήπου
but her flamingo was on the other side of the garden
Το φλαμίνγκο ήταν μάλλον αδέξια
the flamingo was rather clumsy
Το φλαμίνγκο της προσπαθούσε να πετάξει πάνω σε ένα δέντρο
her flamingo was trying to fly up into a tree
Έπιασε το φλαμίνγκο από το πόδι
She caught the flamingo by the leg
Και έβαλε το φλαμίνγκο κάτω από το μπράτσο της
and she tucked the flamingo away under her arm
Με αυτόν τον τρόπο το φλαμίνγκο δεν μπορούσε να δραπετεύσει ξανά
that way the flamingo couldn't escape again
Ακριβώς τότε η Αλίκη έτυχε να συναντήσει τη δούκισσα
Just then Alice happened to meet the duchess
Η δούκισσα ήταν τώρα έξω από τη φυλακή
The duchess was now out of prison
Έβαλε το χέρι της στοργικά κάτω από το μπράτσο της Αλίκης
She tucked her arm affectionately under Alice's arm
και μετά έφυγαν μαζί
and then they walked off together
Η Αλίκη ήταν πολύ χαρούμενη που την βρήκε σε μια τόσο ευχάριστη ιδιοσυγκρασία
Alice was very glad to find her in such a pleasant temper
Ωστόσο, ξαφνιάστηκε λίγο
She was a little startled, however
Άκουσε τη φωνή της δούκισσας κοντά στο αυτί της
she heard the voice of the duchess close to her ear
«Σκέφτεσαι κάτι, αγαπητέ μου»
"You're thinking about something, my dear"
«Και αυτό σε κάνει να ξεχνάς να μιλήσεις»
"and that makes you forget to talk"
«Το παιχνίδι πηγαίνει μάλλον καλύτερα τώρα», είπε η

Alice

"The game's going on rather better now," Alice said

Ήταν ένας τρόπος να συνεχιστεί η συζήτηση

it was one way of keeping the conversation going

«Είναι πράγματι έτσι», είπε η δούκισσα

"it is so indeed," said the duchess

"Και το ηθικό δίδαγμα αυτού είναι αυτό:"

"and the moral of that is this:"

«Είναι η αγάπη που τα κάνει όλα!»

"It is love that does it all!"

"Η αγάπη είναι αυτό που κάνει τον κόσμο να γυρίζει"

"Love is what makes the world go around"

Η Αλίκη είχε μια άλλη εξήγηση

Alice had another explanation

"Γίνεται από τον καθένα που νοιάζεται για τη δουλειά του!"

"it's done by everybody minding his own business!"

«Α, καλά! Θα μπορούσες να έχεις δίκιο»

"Ah, well! You could be right"

«Όλα σημαίνουν περίπου το ίδιο πράγμα», είπε η δούκισσα

"It all means much the same thing," said the Duchess

και έσκαψε το κοφτερό πηγούνι της στον ώμο της Αλίκης

and she dug her sharp little chin into Alice's shoulder

«Και το ηθικό δίδαγμα αυτού είναι αυτό»

"and the moral of that is this"

"Φροντίστε την αίσθηση"

"Take care of the sense"

"και τότε οι ήχοι θα φροντίσουν τον εαυτό τους"

"and then the sounds will take care of themselves"

Αλλά τότε το χέρι της δούκισσας άρχισε να τρέμει

but then the duchess's arm began to tremble

Η Αλίκη κοίταξε ψηλά και εκεί στεκόταν η βασίλισσα

Alice looked up and there stood the queen

Η βασίλισσα είχε τα χέρια της διπλωμένα

the queen had her arms folded

Και συνοφρυωνόταν σαν καταιγίδα!
and she was frowning like a thunderstorm!
«Σας δίνω δίκαιη προειδοποίηση», φώναξε η βασίλισσα
"I give you fair warning," shouted the queen
Και έπεσε στο έδαφος καθώς μιλούσε
and she stomped on the ground as she spoke
"Είτε το κεφάλι σου είτε το κεφάλι της πρέπει να είναι σβηστό"
"either your head or her head must be off"
"Πάρτε την επιλογή σας!"
"Take your choice!"
"Και να είστε γρήγοροι γι 'αυτό"
"and be quick about it"
Η δούκισσα έκανε την επιλογή της
The duchess made her choice
Και μέσα σε μια στιγμή η δούκισσα είχε φύγει
and within a moment the duchess was gone
Τότε η βασίλισσα μίλησε στην Αλίκη
Then the queen spoke to Alice
«Πάμε με το παιχνίδι»
"Let's go on with the game"
Η Αλίκη ήταν πολύ φοβισμένη για να πει μια λέξη
Alice was too frightened to say a word
Και σιγά-σιγά την ακολούθησε πίσω στο κροκέ έδαφος
and she slowly followed her back to the croquet-ground
Όλη την ώρα η βασίλισσα τσακωνόταν με τους άλλους παίκτες
the whole time the queen quarrelled with the other players
«Κόψε το κεφάλι του!»
"Chop off his head!"
«Κόψε το κεφάλι της!»
"Chop off her head!"
«Κόψτε όλα τα κεφάλια τους!»
"Chop all their heads off!"
Σύντομα όλοι οι παίκτες τέθηκαν υπό κράτηση
soon all the players were in custody
Μόνο ο βασιλιάς, η βασίλισσα και η Αλίκη παρέμειναν

only the king, the queen, and Alice remained
Τότε η βασίλισσα έφυγε, με κομμένη την ανάσα
Then the queen left, quite out of breath
και έφυγε με την Αλίκη
and she walked away with Alice
Η Αλίκη άκουσε τον βασιλιά να λέει κάτι ήσυχα
Alice heard the king quietly say something
«Σας συγχωρούν όλοι»
"You are all pardoned"
Αλλά ξαφνικά ακούστηκε μια άλλη κραυγή
but suddenly there was another cry heard
«Η δίκη αρχίζει!»
"The trial is beginning!"
και η Αλίκη έτρεξε μαζί με τους άλλους
and Alice ran along with the others

Ποιος έκλεψε τις τάρτες;

who stole the tarts?

Ο βασιλιάς και η βασίλισσα των καρδιών κάθονταν

The king and queen of hearts were seated

ήταν στο θρόνο τους όταν έφτασε η Αλίκη

they were on their throne when Alice arrived

Υπήρχε ένα μεγάλο πλήθος συγκεντρωμένο γύρω τους

there was a great crowd assembled around them

Υπήρχαν όλα τα είδη μικρών πουλιών και θηρίων

there were all sorts of little birds and beasts

και υπήρχε ολόκληρο το πακέτο των καρτών

and there was the whole pack of cards

Το μαχαίρι στεκόταν μπροστά τους, αλυσοδεμένο

the knave was standing in front of them, in chains

Και υπήρχε ένας στρατιώτης σε κάθε πλευρά για να τον φυλάει

and there was a soldier on each side to guard him

κοντά στον βασιλιά ήταν το λευκό κουνέλι

near the King was the white rabbit

Είχε μια τρομπέτα στο ένα χέρι

he had a trumpet in one hand

Και είχε έναν κύλινδρο περγαμηνής στο άλλο χέρι

and he had a scroll of parchment in the other hand

Στη μέση του γηπέδου υπήρχε ένα τραπέζι

In the very middle of the court was a table

Στο τραπέζι υπήρχε ένα μεγάλο πιάτο τάρτες

on the table was a large dish of tarts

«Μακάρι να γινόταν η δίκη», σκέφτηκε η Αλίκη

"I wish they'd get the trial done," Alice thought

«Τότε θα μπορούσαμε να φάμε μερικά από αυτά τα αναψυκτικά!»

"then we could eat some of those refreshments!"

Ο δικαστής, παρεμπιπτόντως, ήταν ο βασιλιάς
The judge, by the way, was the king
Και φόρεσε το στέμμα του πάνω από τη μεγάλη
περούκα του
and he wore his crown over his great wig
«Αυτή είναι η κριτική επιτροπή», σκέφτηκε η Αλίκη
"That's the jury-box," thought Alice
«Και αυτά τα δώδεκα πλάσματα, υποθέτω ότι είναι οι
ένορκοι»
"and those twelve creatures, I suppose they are the jurors"
Μερικά ήταν ζώα και μερικά ήταν πουλιά
some were animals, and some were birds
Ακριβώς τότε το λευκό κουνέλι φώναξε
Just then the white rabbit cried out
«Σιωπή στο δικαστήριο!»
"Silence in the court!"

«Κήρυκα, διάβασε την κατηγορία!» είπε ο βασιλιάς
"Herald, read the accusation!" said the king
Το λευκό κουνέλι φύσηξε τρεις εκρήξεις στην τρομπέτα
the white rabbit blew three blasts on the trumpet
Στη συνέχεια ξετύλιξε την περγαμηνή-κύλινδρο
then he unrolled the parchment-scroll
και διάβασε τα εξής:
and he read as follows:
«Η βασίλισσα των καρδιών, έφτιαξε μερικές τάρτες»
"The queen of hearts, she made some tarts,"
«Όλα αυτά τα έκανε μια καλοκαιρινή μέρα»
"All this she did on a summer day"
«Το μαχαίρι της καρδιάς, έκλεψε αυτές τις τάρτες»
"The knave of hearts, he stole those tarts"
«Και πήρε αυτές τις τάρτες μακριά!»
"And he took those tarts far away!"
«Κάλεσε τον πρώτο μάρτυρα», είπε ο βασιλιάς
"Call the first witness," said the king
Και το λευκό κουνέλι φύσηξε τρεις εκρήξεις στη
σάλπιγγα
and the white rabbit blew three blasts on the trumpet
«Φέρτε τον πρώτο μάρτυρα!» φώναξε
"bring the first witness!" he called out
Ο πρώτος μάρτυρας ήταν ο κατασκευαστής καπέλων
The first witness was the hat maker
Ήρθε με ένα φλιτζάνι τσαγιού στο ένα χέρι
he came in with a teacup in one hand
Και είχε ένα κομμάτι ψωμί και βούτυρο στο άλλο χέρι
and he had a piece of bread and butter in the other hand
«Έπρεπε να τελειώσεις», είπε ο βασιλιάς
"You ought to have finished," said the King
«Πότε ξεκίνησες;»
"When did you begin?"
Ο κατασκευαστής καπέλων κοίταξε τον λαγό της
πορείας
The hat maker looked at the march hare
Ο Λαγός του Μαρτίου τον είχε ακολουθήσει στην αυλή

the march hare had followed him into the court
Είχε περπατήσει χέρι-χέρι με τη ραχιαία
he had walked arm in arm with the dormouse
«Δεκατέσσερις Μαρτίου, νομίζω ότι ήταν», είπε
"Fourteenth of March, I think it was," he said
«Δώσε τις αποδείξεις σου», είπε ο βασιλιάς
"Give your evidence," said the king
"και μην είσαι νευρικός, αλλιώς θα σε εκτελέσω επί τόπου"
"and don't be nervous, or I'll have you executed on the spot"
Αυτό δεν φάνηκε να ενθαρρύνει καθόλου τον μάρτυρα
This did not seem to encourage the witness at all
Συνέχισε να μετατοπίζεται από το ένα πόδι στο άλλο
he kept shifting from one foot to the other
Και κοίταξε αμήχανα τη βασίλισσα
and he looked uneasily at the queen
Και, μέσα στη σύγχυσή του, δάγκωσε ένα μεγάλο κομμάτι από το φλυτζάνι του τσαγιού του
and, in his confusion, he bit a large piece out of his teacup
Πραγματικά ήθελε να δαγκώσει από το ψωμί και το βούτυρο του
really he meant to bite from his bread and butter
Ακριβώς εκείνη τη στιγμή η Αλίκη ένιωσε μια πολύ περίεργη αίσθηση
Just at this moment Alice felt a very curious sensation
Είχε αρχίσει να μεγαλώνει και πάλι
she was beginning to grow larger again
Ο δυστυχισμένος κατασκευαστής καπέλων έριξε το φλιτζάνι τσαγιού του
The miserable hat maker dropped his teacup
και το ψωμί και το βούτυρο έπεσαν στο έδαφος
and the bread and butter fell to the ground
και έπεσε στο ένα γόνατο
and he went down on one knee
«Είμαι ένας φτωχός άνθρωπος, μεγαλειότατε», άρχισε
"I'm a poor man, your majesty," he began
«Είσαι πολύ κακός ομιλητής», είπε ο βασιλιάς

"You're a very poor speaker," said the king

«Μπορείς να πας», είπε ο βασιλιάς

"You may go," said the king

Και ο κατασκευαστής καπέλων έφυγε βιαστικά από το γήπεδο

and the hat maker hurriedly left the court

«Καλέστε τον επόμενο μάρτυρα!» είπε ο βασιλιάς

"Call the next witness!" said the king

Ο επόμενος μάρτυρας ήταν ο μάγειρας της δούκισσας

The next witness was the duchess's cook

Κρατούσε το κουτί με το πιπέρι στο χέρι της

She carried the pepper-box in her hand

Και οι άνθρωποι κοντά στην πόρτα άρχισαν να φτερνίζονται μονομιάς

and the people near the door began sneezing all at once

«Δώσε τις αποδείξεις σου», είπε ο βασιλιάς

"Give your evidence," said the king

«Δεν θα δώσω αποδείξεις», είπε ο μάγειρας

"I shall give no evidence," said the cook

Ο βασιλιάς κοίταξε με αγωνία το λευκό κουνέλι

The king looked anxiously at the white rabbit

Και το λευκό κουνέλι μίλησε με ήρεμη φωνή

and the white rabbit spoke in a quiet voice

«Η Μεγαλειότητά σας πρέπει να εξετάσει κατ' αντιπαράσταση αυτόν τον μάρτυρα»

"your majesty must cross-examine this witness"

«Λοιπόν, αν πρέπει, πρέπει», είπε ο βασιλιάς

"Well, if I must, I must," the king said

"Από τι είναι φτιαγμένες οι τάρτες;"

"What are tarts made of?"

«Οι τάρτες φτιάχνονται κυρίως από πιπέρι», είπε ο μάγειρας

"tarts are made of pepper, mostly," said the cook

Για μερικά λεπτά ολόκληρο το δικαστήριο ήταν σε σύγχυση

For some minutes the whole court was in confusion

Τελικά όλοι τακτοποιήθηκαν ξανά

eventually they all settled down again
Αλλά μέχρι τότε ο μάγειρας είχε εξαφανιστεί
but by then the cook had disappeared
«Μην ανησυχείτε!» είπε ο βασιλιάς
"Never mind!" said the king
«Καλέστε στο εδώλιο τον επόμενο μάρτυρα»
"call to the stand the next witness"
Η Αλίκη παρακολουθούσε το λευκό κουνέλι καθώς έψαχνε τη λίστα
Alice watched the white rabbit as he fumbled over the list
Μπορείτε να φανταστείτε την έκπληξή της σε αυτό που άκουσε στη συνέχεια
you can imagine her surprise at what she heard next
στην κορυφή της διαπεραστικής μικρής φωνής του, φώναξε το όνομα "Αλίκη!"
at the top of his shrill little voice, he called the name "Alice!"

Τα στοιχεία της Αλίκης
Alice's evidence

«Εδώ!» φώναξε η Αλίκη
"Here!" cried Alice
Πήδηξε πάνω σε μια μεγάλη βιασύνη
She jumped up in a great hurry
Και έγειρε πάνω από την κριτική επιτροπή
and she tipped over the jury-box
Και χτύπησε όλους τους ενόρκους
and she knocked over all the jurymen
Και έπεσαν πάνω στα κεφάλια του πλήθους από κάτω.
and they fell on to the heads of the crowd below
Η Αλίκη ήταν σε μεγάλη απογοήτευση
Alice was in great dismay
«Ω, ζητώ συγνώμη!» αναφώνησε
"Oh, I beg your pardon!" she exclaimed
«Η δίκη δεν μπορεί να προχωρήσει», είπε ο βασιλιάς
"The trial cannot proceed," said the king
«Οι ένορκοι πρέπει να επιστρέψουν στις σωστές τους θέσεις»
"the jurymen must get back in their proper places"
Επανέλαβε τη διαταγή με μεγάλη έμφαση
he repeated the order with great emphasis
και κοίταξε την Αλίκη αυστηρά
and he looked at Alice sternly
«Τι ξέρεις γι' αυτά τα γεγονότα;» ρώτησε ο βασιλιάς την Αλίκη
"What do you know about these events?" the king asked Alice
«Δεν ξέρω τίποτα για το θέμα», είπε η Αλίκη
"I know nothing on the subject," said Alice
Ο βασιλιάς τότε διάβασε από το βιβλίο του
The king then read from his book
"Κανόνας σαράντα δύο"
"Rule forty two"
«Όλα τα άτομα που έχουν ύψος πάνω από ένα μίλι πρέπει να φύγουν από το δικαστήριο»
"All persons more than a mile high are to leave the court"

«Δεν είμαι ούτε ένα μίλι ψηλά», είπε η Αλίκη
"I'm not a mile high," said Alice
«Σχεδόν δύο μίλια ύψος», είπε η βασίλισσα
"Nearly two miles high," said the Queen

«Λοιπόν, αρνούμαι να πάω», είπε η Αλίκη
"Well, I refuse to go," said Alice
Ο βασιλιάς έγινε χλωμός
The king turned pale
Και έκλεισε βιαστικά το σημειωματάριό του
and he shut his note-book hastily
«Σκεφτείτε την ετυμηγορία σας», είπε στους ενόρκους
"Consider your verdict," he said to the jury
Μίλησε με χαμηλή, τρεμάμενη φωνή
he spoke in a low, trembling voice
Τότε μίλησε το λευκό κουνέλι
then the white rabbit spoke
«Υπάρχουν περισσότερα στοιχεία να έρθουν ακόμα»
"There's more evidence to come yet"
Και πήδηξε πάνω σε μια μεγάλη βιασύνη

and he jumped up in a great hurry
«Αυτό το χαρτί μόλις παραλήφθηκε»
"This paper has just been picked up"
«Φαίνεται να είναι ένα γράμμα γραμμένο από τον κρατούμενο»
"It seems to be a letter written by the prisoner"
Ξεδίπλωσε το χαρτί καθώς μιλούσε
He unfolded the paper as he spoke
«Δεν είναι γράμμα, τελικά»
"It isn't a letter, after all"
«Αυτό που ήταν ήταν ένα σύνολο στίχων»
"what it was was a set of verses"
«Παρακαλώ, μεγαλειότατε», είπε ο μαχητής
"Please, your majesty," said the knave
«Δεν έγραψα εγώ αυτούς τους στίχους»
"I didn't write those verses"
«και δεν μπορούν να αποδείξουν ότι έγραψα τίποτα»
"and they can't prove that I wrote anything"
"Δεν υπάρχει όνομα υπογεγραμμένο στο τέλος"
"there's no name signed at the end"
Ο βασιλιάς μίλησε στον Knave
the king spoke to the knave
«Πρέπει να ήθελες να προκαλέσεις κάποια αταξία»
"You must have meant to cause some mischief"
«Αλλιώς θα είχες υπογράψει το όνομά σου σαν τίμιος άνθρωπος»
"else you'd have signed your name like an honest man"
Υπήρξε ένα γενικό χτύπημα των χεριών
There was a general clapping of hands
Και ο βασιλιάς στράφηκε στο λευκό κουνέλι
and the king turned to the white rabbit
«Διαβάστε τους στίχους», διέταξε
"Read the verses," he ordered
Επικρατούσε νεκρική σιγή στο δικαστήριο
There was dead silence in the court
Και το λευκό κουνέλι διάβασε τους στίχους
and the white rabbit read out the verses

Μου είπαν ότι είχες πάει σε αυτήν
They told me you had been to her
Και του ανέφεραν
And they mentioned me to him
Μου έδωσε έναν καλό χαρακτήρα
She gave me a good character
Αλλά είπε ότι δεν μπορούσα να κολυμπήσω
But she said I could not swim
Τους έστειλε μήνυμα ότι δεν είχα πάει
He sent them word I had not gone
Γνωρίζουμε ότι είναι αλήθεια
We know it to be true
Αν έπρεπε να προωθήσει το θέμα, τι θα γινόταν με εσάς;
If she should push the matter on, what would become of you?
Της έδωσα ένα, του έδωσαν δύο
I gave her one, they gave him two
Μας δώσατε τρία ή περισσότερα
You gave us three or more
Όλοι επέστρεψαν από αυτόν σε σένα
They all returned from him to you
αν και ήταν δικά μου πριν
although they were mine before
Αν τύχει να είμαι
If I or she should chance to be
Αν εγώ ή αυτή συμμετείχα σε αυτή την υπόθεση
If I or she were involved in this affair
Σας εμπιστεύεται να τους ελευθερώσετε
He trusts to you to set them free
Ακριβώς όπως ήμασταν
Exactly as we were
Η αντίληψή μου ήταν ότι ήσουν
My notion was that you had been
Πριν είχε αυτό το fit
Before she had this fit
Ένα εμπόδιο που μπήκε ανάμεσα
An obstacle that came between
Εκείνος, και εμείς οι ίδιοι, και αυτό

Him, and ourselves, and it

Μην τον αφήσετε να καταλάβει ότι της άρεσαν περισσότερο

Don't let him know she liked them best

Γιατί αυτό πρέπει να είναι για πάντα μυστικό, κρυμμένο από όλα τα υπόλοιπα

For this must for ever be a secret, kept from all the rest

Αυτό το μυστικό πρέπει να παραμείνει μυστικό ανάμεσα σε σένα και εμένα

This secret must remain a secret between yourself and me

Ο βασιλιάς εντυπωσιάστηκε πολύ

the king was very impressed

«Αυτό είναι το πιο σημαντικό αποδεικτικό στοιχείο που έχουμε ακούσει μέχρι στιγμής»

"That's the most important piece of evidence we've heard yet"

«Δεν πιστεύω ότι αυτοί οι στίχοι φέρουν ένα άτομο νοήματος», αντέτεινε η Αλίκη

"I don't believe those verses carry an atom of meaning," objected Alice

ο βασιλιάς είχε τη δική του γνώμη για το θέμα

the King had his own opinion on the matter

«Αν δεν υπάρχει νόημα σε αυτές τις λέξεις, αυτό σώζει έναν κόσμο προβλημάτων»

"If there's no meaning in those words, that saves a world of trouble"

«Τότε δεν χρειάζεται να προσπαθήσουμε να βρούμε το νόημα»

"then we needn't try to find the meaning"

«Αφήστε τους ενόρκους να εξετάσουν την ετυμηγορία τους»

"Let the jury consider their verdict"

«Όχι, όχι!» είπε η βασίλισσα

"No, no!" said the queen

«Πρώτα η καταδίκη – ετυμηγορία μετά»

"Sentencing first—verdict afterwards"

«Πράγματα και ανοησίες!» είπε δυνατά η Αλίκη

"Stuff and nonsense!" said Alice loudly

«Πόσο ανόητο είναι να καταδικάζεις πρώτα τον κατηγορούμενο!»
"how silly it is to sentence the defendant first!"

«Κράτα τη γλώσσα σου!» είπε η βασίλισσα, μοβ
"Hold your tongue!" said the queen, turning purple
«Δεν θα κρατήσω τη γλώσσα μου!» είπε η Αλίκη
"I will not hold my tongue!" said Alice
Η βασίλισσα φώναξε στην κορυφή της φωνής της
the queen shouted at the top of her voice
«Κόψε το κεφάλι της!»
"chop off her head!"
Κανείς δεν έκανε κίνηση
Nobody made a movement
«Ποιος νοιάζεται τι λες;» είπε η Αλίκη
"Who cares what you say?" said Alice
Είχε μεγαλώσει στο πλήρες μέγεθός της μέχρι εκείνη τη στιγμή
she had grown to her full size by this time
«Δεν είσαι παρά ένα πακέτο χαρτιά!»

"You're nothing but a pack of cards!"
Σε αυτό, όλα τα χαρτιά σηκώθηκαν στον αέρα
At this, all the cards rose up in the air
Και όλα τα χαρτιά έπεσαν πάνω της
and all the cards came flying down upon her
Έβγαλε μια μικρή κραυγή
she gave a little scream
Ήταν μισοφοβισμένη, αλλά και θυμωμένη
she was half afraid, but also angry
Και προσπάθησε να παλέψει τα χαρτιά από τον εαυτό της
and she tried to fight the cards off of herself
Και τότε βρέθηκε ξαπλωμένη στην όχθη του γρασιδιού
and then she found herself lying on the grass bank
Το κεφάλι της ήταν στην αγκαλιά της αδελφής της
her head was in the lap of her sister
Μερικά νεκρά φύλλα είχαν προσγειωθεί στο πρόσωπό της
some dead leaves had landed on her face
Και η αδελφή της βούρτσιζε απαλά τα φύλλα μακριά
and her sister was gently brushing the leaves away
«Ξύπνα, Αλίκη αγαπημένη!» είπε η αδελφή της
"Wake up, Alice dear!" said her sister
«Τι μακρύς ύπνος είχες!»
"what a long sleep you've had!"
«Ω, είχα ένα τόσο περίεργο όνειρο!» είπε η Αλίκη
"Oh, I've had such a curious dream!" said Alice
Και είπε στην αδελφή της όλα όσα μπορούσε να θυμηθεί
And she told her sister all she could remember
Όλες οι παράξενες περιπέτειες για τις οποίες μόλις διαβάσατε
all the strange adventures that you have just been reading about
Η Αλίκη σηκώθηκε και έφυγε τρέχοντας
Alice got up and ran off
Και σκέφτηκε, ενώ έτρεχε, το όνειρό της

and she thought, while she ran, about her dream
"Τι υπέροχο όνειρο ήταν!"
"what a wonderful dream it had been!"